Bild: Christian Wiediger - unsplash.com

Vorwort

Ihr Lieben,

wir alle brauchen dieses Heft. Tatsächlich habe ich schon seit über einem Jahr das starke Bedürfnis danach gehabt, gemeinsam mit meinem Team ein Magazin mit diesem Fokus zu erstellen: Frieden.

Es ist so surreal, wahrscheinlich kann unser Verstand das nicht wirklich zusammenbringen ... Gleich lege ich mich schlafen, neben meine Tochter in mein warmes Bett und zeitgleich haben Menschen Angst um ihr Leben und das ihrer Familien. Ich selbst lebe in Frieden, vielleicht nicht immer mit mir selbst, aber in einer friedlichen Umgebung. Doch so viele Menschen auf der Welt tun das nicht – selbst meine Großeltern sind vor einem Krieg geflüchtet. Von Menschen geschaffene Kriege bedeuten unvorstellbares Leid. Gründe oder Erklärungen, wie es dazu kommt, gibt es viele. Mitunter haben mir auch die Artikel, die ihr gleich lesen werdet, dazu neue oder tiefere Einblicke gegeben. Doch ein wirkliches Verständnis habe ich dafür nicht – wieso haben wir die Welt so geschaffen? Warum ist unsere Welt so von Leid geprägt, warum lassen wir das zu?

Es fühlt sich oft ausweglos an, wenn wir Nachrichten schauen. Bürgerkriege im Sudan und in Myanmar, Krieg zwischen der israelischen Regierung, Hamas und Hizbollah, Putin gegen Selenskyj ... Ich brauche gar nicht weitermachen, es ist uns allen gut bekannt.

Auch wenn wir in die Vergangenheit schauen, erscheint die Geschichte der Menschheit wie eine Aneinanderreihung von Kriegen. Doch können wir sie anders erzählen? Schon die griechischen Philosophen wie Heraklit, Platon und Aristoteles beschäftigten sich mit dem Wunsch nach Frieden und dem Grund für Krieg. Der Traum vom Weltfrieden ist vielleicht der älteste Traum der Menschheit – und wäre ohne ihn nicht alles andere hinfällig?

Also helfen wir uns selbst und schauen auf die unzähligen Menschen, die sich unermüdlich für Frieden einsetzen. Denn der Mensch ist zu so viel mehr in der Lage als zu Vergeltung, Machtgier oder Raub.

Gewalt muss mit Gegengewalt bekämpft werden!? Blicken wir auf den Erfolg von gewaltfreiem Widerstand (s. S. 56)! Es gibt keinen Ausweg für verfeindete Gruppen!? Schauen wir auf die Macht der Kreativität und Kunst (s. S. 62), des Sports (s. S. 86) oder des gemeinsamen Essens (s. S. 88)! Lernen wir von der Philosophie Ubuntu (s. S. 17) oder dem Schulprojekt, das Empathie als Fach an deutsche Schulen bringt (s. S. 72). Und wagen wir – auch wenn es vielleicht unbequem ist, denn die Utopie des Pazifismus wäre schöner – auch einen Blick in die Bemühungen und Entwicklungen innerhalb der Bundeswehr (s. S. 48).

Die vielen mutigen Menschen in diesem Heft – wo auch immer sie auf der Welt wirken, in einem israelisch-palästinensischen Dorf (s. S. 6), in der Hauptstadt Kolumbiens, Bogotá (s. S. 42), oder in den sozialen Medien in Deutschland (s. S. 4) – sie sind sich in einem einig: Es geht nur gemeinsam.

Wir wünschen Euch viel Spaß beim Lesen und wir wünschen Euch von Herzen Frieden, im Innen und Außen,

Lucia Otto und das GNM-Team

Beim Good News Magazin arbeiten wir daran, dass alle Menschen teilhaben können, und bemühen uns um Barrierefreiheit. Das ganze Magazin gibt es darum auch online und zum Anhören.

Inhalt

„Männer gegen Rechts“
Wenn nicht jetzt, wann dann? 4

In Wahat al-Salam/Neve Shalom leisten arabische und jüdische Menschen gemeinsam Einsatz für ein friedliches Miteinander
Eine Oase für den Frieden 6

Erneuerbare Energien für den Frieden
Ein Lichtblick 12

Diese Kliniken zeigen Alternativen zum profitorientierten Gesundheitssystem
Ganzheitliche Gesundheit für Alle 14

Ein Mensch ist ein Mensch durch andere Menschen oder: der Wert der Gemeinschaft
Ubuntu: Eine Philosophie der Menschlichkeit 17

Als Sozialunternehmer:in aktiv in Konfliktregionen
Menschen, die die Welt positiv verändern 23

Weil Journalismus auch Frieden kann
Schluss mit „wir gegen sie“ 28

Wie Küchenutensilien ein Mittel des gewaltfreien Widerstands wurden
Richtig auf die Pfanne hauen 33

Friedensprojekte in Israel und Palästina
Kleines Senfkorn Hoffnung 38

Straßenkunst als Friedensstifter
Bunt, rebellisch, politisch 42

Innerer Frieden für alle
Wenn es im Kopf zu laut ist, hilft die Uni 46

Wie die deutsche Bundeswehr ein Fundament für Demokratie und Vielfalt schaffen will
Innere Führung statt Führer 48

Spaß mit Zahlen 54

Warum gewaltfreier Widerstand erfolgreicher ist, als wir denken
Strategisch, friedlich, effektiv 56

Von Transformation, Verständnis und Wegen zum Frieden
Die Kraft der Kunst 62

Wie sich Gläubige gegen Gewalt einsetzen
Friede sei mit dir 66

Good News Shots 70

Hinter den Türen des Schulprojektes „Empathie macht Schule“
„Wenn sich alles nur um Leistung dreht, spalten wir die Gesellschaft“ 72

„Mit Bio-Landbau Frieden schaffen“
Gemüse statt Gewehre 78

Frauen gegen Krieg und Unterdrückung
Wie russische Frauen für Frieden kämpfen 82

Sport in Köln Kalk verändert das Miteinander
Fußball für den Frieden 86

Cuisine sans Frontières bittet Konfliktparteien zu Tisch
Frieden schaffen mit Reis und Bohnen 88

Impressum 96

Bild: Edoardo Ceriani - unsplash.com

PUTIN, BIDEN
MACRON, DRAGHI
THE CLEANEST
HAVE MANGE
NO ALLA GUERRA

„Männer gegen Rechts"

Wenn nicht jetzt, wann dann?

Das *Bundesforum Männer*, die *Landesarbeitsgemeinschaft Jungen- und Männerarbeit Sachsen* und der *SKM Bundesverband* haben gemeinsam die Initiative „Männer gegen Rechts" gegründet, um zivilen Frieden zu fördern und gesellschaftliche Errungenschaften zu bewahren.

Nils Kumar und Florian Vitello

Rechte Parteien wie die AfD haben bei Wahlen in ganz Europa Zulauf. Dabei sind zwei Drittel der AfD Wähler Männer (laut *Bundeszentrale für politische Bildung*). Gerade in der Gruppe der jungen Männer sieht die AfD ihr großes Potenzial. Sie biedern sich ihrer Zielgruppe daher online gezielt mit Inhalten an, die konservative Rollenbilder zeigen, alternative Lebensentwürfe verspotten und Erzählungen verbreiten von vermeintlichen Gefahren für das Vaterland, das „starke Männer" verteidigen müssten.

Das *Bundesforum Männer*, die *Landesarbeitsgemeinschaft Jungen- und Männerarbeit Sachsen* und der *SKM Bundesverband* kennen die Entwicklung aus ihrer Arbeit aus erster Hand und sehen darin eine ernstzunehmende Gefahr für den gesellschaftlichen Frieden. Daher haben sich alle drei Organisationen zusammengetan und die Initiative „Männer gegen Rechts" gegründet.

„Wir setzen uns für Errungenschaften ein, die zunehmend angefeindet werden: eine offene, vielfältige und freie Gesellschaft und die demokratische Grundordnung," erzählte uns ein Vertreter der Inititative *Männer gegen Rechts*. Eine erste Maßnahme ist der sogenannte „Sharepic"-Generator. Auf der Website „maenner-gegen-rechts.de" können Unterstützer ganz einfach ein Foto von sich oder gemeinsam mit anderen hochladen und es mit dem Design von *Männer gegen Rechts* und einem Untertitel versehen. So sollen möglichst viele Männer motiviert werden, ihre Botschaft offen auf den Social-Media-Plattformen und auch über das Profil der Initiative zu teilen. Das sei besonders wichtig, weil es aktuell noch an Sichtbarkeit mangele. „Es gibt zahlreiche bekannte Initiativen von Frauen wie zum Beispiel die 'Omas gegen Rechts', aber Männer fehlten als eigenständige Gruppe auf der langen Liste von Unterstützern gegen rechtsextreme und rechtsradikale Strömungen in Deutschland bislang leider", so *Männer gegen Rechts*.
Es würde zusätzlich in der öffentlichen Wahrnehmung helfen, Hashtags wie #MachDichStarkMann und #maennergegenrechts zu nutzen: „So füttern wir die Algorithmen der Social-Media-Plattformen, damit Jungs und Männern öfter unsere Inhalte zugespielt

werden und sie sehen, wir sind mehr". Der Ansatz trägt erste Früchte. Auf Instagram wächst die Community innerhalb eines Monats auf mehr als 1200 Unterstützer:innen. Besonders der Hastag #MachDichStarkMann, der auf ein ungesundes Verständnis von Männlichkeit anspielt, ist bei der Community beliebt.

Die Initiative möchte darauf eingehen, dass viele gesellschaftliche Regeln für das, was typisch männlich sei, nicht nur Frauen und der Allgemeinheit, sondern an vorderster Stelle auch Männern selbst schade. „Traditionell männliche Industriejobs ändern sich oder sind in Gefahr (wie z.B. Autoindustrie und Zulieferer), Kriege und Konflikte involvieren Männer auch in Europa neuerdings konkreter und gewalt bezogen. Diese Polykrisen scheinen von vielen Männern einen Rückgriff auf „Stärke" und Stabilität zu fordern, Veränderungen im Geschlechterverhältnis stellen alte Gewissheiten und die männliche Vorherrschaft in Frage. Dies alles sind Triggerpunkte, die sich für ein rückwärtsgerichtetes Männerbild nutzen lassen, wie es die AfD oder Andrew Tate propagieren", sagt Dr. Marc Gärtner, Referent für internationale Gleichstellungspolitik vom *Bundesforum Männer e.V.*

Traditionelle männliche Rollenbilder werden nicht zuletzt in der Medizin und Psychologie untersucht und breit diskutiert. Viele Erwartungen an Jungen und Männer, wie etwa emotional unnahbar sein zu müssen oder das klassische „Männer-weinen-nicht", fördern aggressive Bewältigungsmechanismen körperlicher oder seelischer Natur gegen sich selbst oder andere. Sie führen dazu, „dass man keine wirkliche Verbindung zu sich selbst, seinem Körper oder seinen Emotionen aufbaut – und somit auch die Grenzen anderer Menschen nicht einschätzen kann", schreibt die AOK.

Um den sozialen Folgen dieser Grenzüberschreitungen entgegenzuwirken, haben schon über 300 Männer ein Bild von sich samt persönlicher Aussage hochgeladen und täglich kommen neue dazu. „Wenn wir für unsere Demokratie und eine friedliche Gesellschaft toxische Männlichkeitsbilder überwinden wollen, brauchen wir positive Vorbilder. Wir sind darum sehr glücklich und dankbar für jeden, der mitmacht", sagt die Initiative. „Bislang reagieren Personen des öffentlichen Lebens auf unsere Anfragen zurückhaltend. Ob die Einschüchterungsstrategien von Rechts hier bereits Wirkung zeigen, wissen wir nicht genau. Gerade deshalb freuen wir uns, dass sich der Comedian Florian Hacke mit einem Statement auf unserer Homepage eingetragen hat und die Initiative unterstützt. Für alle diejenigen, die Botschafter unserer Initiative werden möchten: Es gibt noch Vakanzen!"

Und wie soll es nun weitergehen? „Aktuell arbeiten wir daran, unsere Botschaften und Angebote sichtbarer zu machen. Dazu planen wir den Ausbau unserer Web- und Social-Media-Präsenz sowie die Produktion von Info-Material. Um diese kurzfristigen Ziele erreichen zu können, sammeln wir Spendengelder über unsere Webseite www-maenner-gegen-rechts.de. Langfristig setzen wir auf Aufklärungskampagnen, um den einseitigen und problematischen Orientierungsangeboten rechter Gruppierungen Alternativen entgegenzusetzen."

Ich unterstütze die Initiative „Männer gegen Rechts", weil ich der Überzeugung bin, dass wir als Männer aktiv für eine offene und demokratische Gesellschaft eintreten müssen. Gerade in Zeiten zunehmender Bedrohung durch rechtsextreme Strömungen ist es wichtig, Flagge für Vielfalt, Respekt und Zusammenhalt zu zeigen

Dominic

Weil ich die derzeitigen Stereotypen der männlichen Geschlechterrollen schädlich finde. Ein gesundes Bild von „Männlichkeit" aber vor allem von Menschlichkeit untereinander ist wichtig. Viele Männer kämpfen mit psychischen Problemen, die durch toxische Rollenbilder ausgelöst und/oder heruntergespielt werden! Hass verbreiten, Diskriminieren und keine Schwächen zu zeigen ist NICHT männlich!Dominic

Lorenz

Was ein Mann ist, lasse ich mir nicht von Politiker:innen vorschreiben, die respektlos und sexistisch über Menschen sprechen.

Nils Kumar

Bild: NSh-WaS

Eine Oase für den Frieden

Wahat al-Salam/Neve Shalom ist ein kleines Dorf in Israel, in dem arabische und jüdische Menschen miteinander leben. Sie zeigen: Ein friedliches Miteinander erfordert viel Vertrauen, Zeit und Arbeit – aber es ist möglich. Auch jetzt.

Luisa Vogt

„Weißt du, der Grundsatz von Wahat al-Salam/Neve Shalom ist sehr simpel. Wenn Menschen mich fragen, wie diese Magie passiert, sage ich ihnen: Es ist einfach. Wir gehen zurück zu den Grundlagen. Und die Grundlage heißt: Gleichheit für alle."

Samah spricht diese Worte ohne Pathos. Für sie sind sie eine Selbstverständlichkeit, eine einfache, grundlegende Wahrheit. Seit 24 Jahren lebt sie in Wahat al-Salam/Neve Shalom; ihre Familie kam 2000 während der zweiten Intifada in dieses kleine Dorf auf halbem Weg zwischen Tel Aviv und Jerusalem. Es ist ein einzigartiger Ort, an dem arabisch-palästinensische und jüdische Israelis eine Gemeinschaft aufgebaut haben, die beweist, dass ein Miteinander möglich ist. Und die sich dafür einsetzt, diese Botschaft über die Grenzen des Dorfes zu verbreiten: Die Botschaft, dass Frieden möglich sei. Auch in Israel und Palästina. Auch, wenn er im Moment weiter weg scheint, als je zuvor.

An der Gemeinschaft festhalten

Samah Salaime ist eine palästinensische feministische Aktivistin, Autorin und Co-Geschäftsführerin der Bildungseinrichtungen des Dorfes. Sie kennt die Fragen der Journalist:innen und sie nimmt kein Blatt vor den Mund, als ich sie nach der aktuellen Situation frage. „Die ersten Monate nach der Attacke der Hamas waren schrecklich", erklärt sie. „Wir wussten, dass die israelische Antwort auf das, was die Hamas-Kämpfer getan hatten, aggressiv sein würde. Aber niemand dachte, dass sie so aggressiv ausfällt." Die Gewalt ging auch an Wahat al-Salam/Neve Shalom nicht spurlos vorüber. „Einige der Familien, die hier leben, haben Familie in Gaza und haben dutzende Menschen durch die Bombenangriffe verloren. Andere Familien haben Verwandtschaft im Süden Israels, wo die Attacke am 7. Oktober stattfand. Wir können ihren Schmerz und ihr Leid nicht vergleichen."

Und dennoch gibt es etwas, das sie alle grundlegend zusammenhält. „Innerhalb der Gemeinschaft besteht Einvernehmen sowohl gegen den Terroranschlag der Hamas als auch gegen den Krieg“, erklärt Samah. Und vielleicht noch wichtiger: „Niemand ist gegangen. Niemand hier hat Wahat al-Salam/Neve Shalom verlassen.“

Es zeugt vom Vertrauen, dass die Menschen ineinander haben, in manchen Fällen vielleicht noch mehr in die Gemeinschaft, die sie hier gemeinsam aufgebaut haben und gemeinsam weiterentwickeln. Wahat al-Salam/Neve Shalom ist einzigartig, das ist allen Einwohner:innen klar. Auch darum halten sie in schwierigen Zeiten daran fest.

www.wasns.de

„Wenn wir wirklich glauben, dass Frieden möglich ist, sollten wir auch zusammen leben“

Gegründet wurde die „Oase für den Frieden“, wie Wahat el-Salam/Neve Shalom übersetzt heißt, Ende der 1970er Jahre. Die Entstehungsgeschichte ist ebenso besonders wie das Dorf selbst. Der Gründer, Bruno Hussar, wuchs als Jude in Kairo auf. Während seines Studiums in Frankreich konvertierte er zum Christentum und trat dem Orden der Dominikaner bei. Nach dem sogenannten 6-Tage-Krieg zwischen Israel und den arabischen Staaten Ägypten, Jordanien und Syrien im Jahr 1967, in Zuge dessen israelische Streitkräfte den von Ägypten verwalteten Gazastreifen und das von Jordanien kontrollierte Westjordanland sowie Ost-Jerusalem besetzten, wurde er von der Kirche beauftragt, im „Heiligen Land“ einen Ort der friedlichen Begegnung zu schaffen. „Es ist eine ironische Geschichte“, gibt Samah lächelnd zu,“ dass gerade ein Dominikanerpater ein Friedensprojekt der Religionen in dieser ländlichen Gegend anstoßen sollte“.

Im Gespräch mit den arabischen und jüdischen Israelis wurde jedoch schnell klar: Es geht gar nicht um Religion. „Meine Großmutter ist Palästinenserin, ich komme aus einer Familie, die geflüchtet ist“, erklärt Samah. „Palästina war ein sehr multikultureller Ort, meine Großmutter wuchs auf, umgeben von jüdischen und christlichen Menschen, und alle waren Palästinenser:innen. Es ist also keine religiöse Streitfrage, sondern eine der Nationalität. Und genau das haben die Menschen Bruno damals auch gesagt: Wenn du Frieden schaffen willst, solltest du über Palästinser:innen und Israelis sprechen, nicht über muslimische und jüdische Menschen.“

So entstand eine Initiative, die Menschen zunächst über ein Wochenende oder Sommercamp zusammenbrachte – Palästinenser:innen, Israelis und Freiwillige aus der ganzen Welt. Doch bald wuchs daraus eine neue Idee: die kurzen Treffen in ein langfristiges, ambitioniertes Projekt umzuwandeln. Einen Ort zu schaffen, an dem Israelis und Palästinenser:innen gemeinsam, nicht nur nebeneinander, sondern miteinander in Frieden leben: Wahat al-Salam/Neve Shalom.

Das Land, auf dem das Dorf entstehen sollte, gehörte der katholischen Kirche. „Als Bruno und die anderen darum baten, das Land permanent zu pachten, dachte die Kirche nie, dass wirklich Menschen kommen würden“, erzählt mir Samah. Also haben sie eine Frist gesetzt: Ein Jahr, und wenn dann niemand da ist, war es das. Sie haben es fast nicht geschafft, aber nach zehn oder elf Monaten kam der erste Bus, mit vier Familien, arabischen und jüdischen. Und sie sind geblieben.“

Wachsendes Vertrauen

Ulla Philipps-Heck ist die Vorsitzende von „Freunde von Neve Shalom/Wahat al Salam“, einer der zahlreichen internationalen Unterstützergruppen des Dorfes. Sie kam 1982 zum ersten Mal nach Wahat al-Salam/Neve Shalom, als die Gemeinschaft noch ganz am Anfang stand. „Da war eigentlich gar nichts da“, erinnert sie sich. „Es gab einen alten ausgedienten Bus, in dem noch Leute gewohnt haben und eine Holzhütte und zwei Betonkästen, in denen die ersten Familien lebten.“ Doch das Projekt wuchs. Als Ulla zwei Jahre später zurückkam, waren gerade die Türen der Grundschule geöffnet worden, einer der Grundpfeiler der Gemeinde.

Bild: SfP

Der andere zentrale Grundpfeiler der Friedensarbeit der Gemeinde ist die *School for Peace*. Bereits seit 1979 bieten Kursleiter:innen dort gemischte Workshops und Kommunikationstrainings für jüdische und palästinensische Angehörige bestimmter Berufsgruppen, Studierende und Frauen an – es ist die erste Bildungseinrichtung ihrer Art in Israel. Daneben gibt es heute in Wahat al-Salam/Neve Shalom ein Gästehaus, in dem Teilnehmer:innen der Seminare und Workshops unterkommen können – aktuell werden dort auch Aktivist:innen untergebracht – ein Jugendzentrum und sogar eine Kunstgalerie. Rund 100 Familien mit 300 Menschen leben inzwischen hier.

All das ist das Ergebnis eines langen Prozesses der Vertrauensbildung. Auch heute noch ist das Gleichgewicht der Bevölkerung ein wichtiger Grundsatz; die Leiter:innen der Dorfgemeinschaft achten darauf, dass die Zahl der arabischen und jüdischen Familien immer ungefähr gleich ist. Um Vertrauen aufzubauen und Gleichbehandlung zu garantieren, wurde anfangs zudem jede Position innerhalb des Dorfes sowohl von einer arabischen als auch einer jüdischen Person besetzt. Das ist inzwischen anders. „Wenn einmal das Vertrauen da ist, wird es völlig egal, ob der Bürgermeister oder die Bürgermeisterin jüdisch oder palästinensisch ist. Die Position wird der Person verliehen, die am besten qualifiziert ist, egal ob arabisch oder jüdisch. Gerade haben wir einen jüdischen Bürgermeister, eine arabische Schulleiterin, ich bin eine Palästinenserin, die das Kommunikationsbüro leitet und mein Kollege, der die *School for Peace* leitet, ist Jude", beschreibt Samah.

Eine Schule für alle

Bildung stand von Anfang an im Zentrum der Friedensarbeit von Wahat al-Salam/Neve Shalom. 2024 war deshalb ein besonderes Jahr für die Grundschule: „Dieses Jahr haben wir unser 40-jähriges Jubiläum gefeiert, es sind 40 Jahre, seit wir die erste bilinguale, binationale Schule in Israel geschaffen haben", berichtet Samah und Stolz schwingt in ihrer Stimme.

In dem, im restlichen Land, etablierten israelischen Bildungssystem werden arabische und jüdische Kinder ab dem Grundschulalter in getrennten Einrichtungen mit separaten Lehrplänen unterrichtet. Das bedeutet nicht nur, dass es keinen Raum für Begegnung gibt, sondern auch, dass Kinder, die am selben Ort aufwachsen, mitunter komplett verschiedene Dinge über die Gesellschaft, Kultur und Geschichte lernen. „In diesem segregierten Bildungssystem würde die ganze Idee von Wahat el Salaam/Neve Shalom einfach verschwinden", kritisiert Samah.

Darum funktioniert die Schule im Dorf ganz anders: Zwei Lehrkräfte, eine jüdische und eine arabische, leiten gemeinsam den Unterricht. Es wird darauf geachtet, dass in einer Klasse immer ungefähr gleich viele jüdische und arabische Kinder sind. Der Unterricht findet komplett bilingual statt, sowohl Hebräisch als auch Arabisch sind Unterrichtssprachen. Auch Geschichte wird aus beiden Perspektiven unterrichtet, Feiertage gemeinsam begangen.

Ein solches System zu etablieren war nicht leicht, erklärt Samah: „Es sind Fragen wie: Besprechen wir die Nakba oder den Unabhängigkeitstag – es ist derselbe Tag im Kalender." Um diese Fragen zu beantworten, haben die Lehrkräfte eigene Lehrpläne entwickelt. Darin ist auch ein Fach enthalten, das es in den Regelschulen nicht gibt, und in dem Geschichte, Religion und ethische Fragen so unterrichtet werden, dass beide Seiten gleichermaßen berücksichtigt werden. Die Lehrpläne sind auf Hebräisch und auf Arabisch auch online verfügbar und können von allen anderen Schulen genutzt werden. Dass die Schule und ihre Lehrpläne inzwischen staatlich anerkannt sind, ist ein Erfolg aus der Zeit vor der Regierung unter Netanyahu, erklärt Samah.

Als die Schule 1984 eröffnet wurde, gab es eine Klasse mit elf Kindern. Heute sind es über 280, die zum Großteil von außerhalb kommen. Für sie stellt die Gemeinde den Transport zur Verfügung. Und nicht nur die Zahl der Schüler:innen wächst, sondern auch die Zahl weiterer bilingualer und binationaler Schulen. Sieben Stück gibt es davon heute in Israel, erklärt Samah, und fügt hinzu: „Wahat al-Salam hat dieses Modell erfunden und der Welt bewiesen, dass integrierte Friedensbildung möglich ist in diesem Teil der Welt."

„Eine Frage in der Grundschule ist, wie die religiösen Feiertage begangen werden. Manche sind muslimisch oder christlich, manche jüdisch, andere agnostisch. Das Fastenbrechen nach dem Ramadan, Chanukka und Weihnachten werden zusammen gefeiert; dafür gibt es meist ein übergeordnetes Thema oder eine Frage, die alle einbezieht. 2023 war diese Frage Was ist Licht für dich? Die Schüler:innen der dritten Klasse erstellten daraufhin eine Präsentation, in der sie erklärten, warum ihre Schule in der Zeit nach dem 7. Oktober für sie ein Licht ist."

Sich gegenseitig festhalten gegen die Angst

Gerade jetzt ist diese Friedensbildung wichtiger denn je – und gerade jetzt ist es umso schwieriger, sie aufrechtzuerhalten. Darum kam der Grundschule in den Wochen nach der Terrorattacke der Hamas und dem

Bilder: NSh-WaS

anschließenden Vergeltungsschlag durch den israelischen Staat eine besonders wichtige Rolle zu. „Als die Schule wieder aufmachen durfte, haben sie ganz viel Zeit investiert in den sozialen Zusammenhalt in den Klassen", erzählt Ulla. „Dabei ging es vor allem um die Erfahrung auf den verschiedenen Seiten. Die Kinder konnten einfach erzählen, was sie erleben, was sie hören, was sie traurig macht, was sie wütend macht, was ihnen da vielleicht auch hilft."

Ein Beispiel ist ihr ganz besonders im Gedächtnis geblieben: „Da war ein kleiner jüdischer Junge. Er war völlig durcheinander – und da war er sicher nicht der einzige – weil er doch seine Klassenkamerad:innen liebt und unter ihnen sind auch palästinensische Kinder. Aber sein Vater ist bei der Armee. Er hatte natürlich total Angst um seinen Vater und gleichzeitig musste er immer an die Kinder in Gaza denken. In der Schule haben sie ganz viel mit Zuwendung, miteinander umarmen und sich gegenseitig festhalten, gearbeitet. Er ist von seinen Klassenkamerad:innen umarmt worden, auch von den palästinensischen. Das fand ich total bewegend."

Aufgeben ist keine Option

Beeindruckend sei auch, fährt Ulla fort, wie die Eltern und Lehrkräfte es schaffen, die Kinder in dieser Situation zu unterstützen. Ich frage sie, woher die Erwachsenen diese Kraft nehmen, wie sie mit den Ereignissen zurechtkommen.

„Das kennst du vielleicht auch, wenn etwas wirklich Schreckliches passiert, dann ist man erst einmal innerlich wie erstarrt", antwortet sie mir. „Die Dorfgemeinschaft hat gemerkt: Wir müssen unbedingt miteinander reden." Also gab es Treffen. Zunächst nur innerhalb der Gruppen, das heißt palästinensische und jüdische Menschen jeweils unter sich, damit alle Gefühle und Gedanken Raum finden durften, ohne Rücksicht zu nehmen, ohne die Angst, andere Menschen damit zu verletzen. „Es musste erst einmal alles gesagt werden können, damit der Druck weg ist", beschreibt Ulla. Kursleiter:innen der *School for Peace* von außerhalb des Dorfes moderierten die Runden. Erst danach gab es gemeinsame Treffen. Inzwischen treffen sich alle, die sich dazu im Stande fühlen, einmal im Monat, um verschiedene Themen zu besprechen, die an die Oberfläche kommen. „Es gibt eine ganze Menge Fragen, auf die es noch keine Antworten gibt", meint Ulla, „aber alle sind noch da, alle arbeiten weiter. Auch wenn es an den Kräften zehrt, sind sie davon überzeugt, dass es richtig ist, weiterzumachen."

Bilder: NSh-WaS

> „Wir sind uns so sicher, dass das, was wir machen richtig ist, dass aufgeben keine Option ist."

Außerdem organisierte die Gemeinschaft zweimal ein Trauerzelt, einen Ort, an dem auch palästinensische Dorfbewohner an Verwandte und Freunde erinnern konnten, die sie seit Beginn des Krieges verloren haben. Fast alle Menschen im Dorf haben jemanden verloren – Familienangehörige, aber auch gemeinsame Freunde und Freundinnen. Umso wichtiger ist es, dass es einen Raum gibt, in dem diese Trauer da sein darf.

Seit dem 07. Oktober dürfen Palästinenser:innen in Israel nicht öffentlich um ihre Toten im Gazastreifen trauern, die Regierung droht ihnen mit Verhaftungen. Als Neriya Mark, die als Angehörige der zweiten Generation in Wahat al-Salam/Neve Shalom aufgewachsen ist, klar wurde, dass palästinensische Nachbar:innen sich selbst im Dorf noch nicht getraut hatten, offen über ihre Trauer zu sprechen, und sie deswegen gar nichts darüber wusste, lud sie mehrfach zu einem offiziellen „Trauerzelt"-Gedenken im Dorf ein.

Ein Weckruf für den Frieden

Auch Samah hat Verwandte in Gaza im Krieg verloren, eine offizielle Trauerzeremonie konnte sie nicht abhalten. Doch für die Menschen, die schon lange in Wahat al-Salam/Neve Shalom leben, ist es nicht der erste Konflikt, den sie erleben, ruft Samah mir in Erinnerung: „Die Gründer:innen haben die erste und zweite Intifada erlebt, den ersten und zweiten Libanon-Krieg. Und sie sind hier geblieben, sie haben das gemeinsam durchgestanden."

Auch die anderen Menschen, die, wie sie, schon lange im Dorf wohnten, hätten ein Grundvertrauen, das trotz allem weiter bestehe. „Wenn du 40 Jahre neben deinen jüdischen Nachbar:innen wohnst, weißt du, dass sie

nicht deine Feinde sind. Wenn ich etwas brauche, dann gehe ich zu meiner jüdischen Nachbarin. Wir sind auf dieser Vertrauensebene." Für die Familien, die erst seit kurzem Teil der Gemeinschaft sind, sei es eine ganz andere Situation. Sie müssten viel aktiver darum kämpfen, auf die Idee hinter Wahat al-Salam/Neve Shalom zu vertrauen. Für Samah eine wichtige Erinnerung daran, dass Vertrauen viel Zeit braucht.
Und dann erklärt sie überraschend: „Ich sehe tatsächlich auch einen positiven Effekt auf die Gemeinschaft." Denn wenn man zu lange mit einem Grundvertrauen in einander und in ein friedliches Miteinander lebe, nehme man es irgendwann für selbstverständlich.

„Die Kinder, die hier geboren sind, sind mit dem Beweis groß geworden, dass Frieden möglich ist. Wenn du sie fragst: Was bedeutet der 7. Oktober für dich, werden sie einfach sagen: 'Wir halten zusammen'."

Jetzt werde wieder deutlich, wie groß dieses Privileg ist – und wie wichtig es ist, weiter dafür zu arbeiten. „Wir verstehen jetzt viel besser, dass wir uns weiter für Gerechtigkeit und Demokratie einsetzen müssen, um Frieden zu erreichen. Wir müssen den Muskel des Friedens weiter trainieren. Ohne Demokratie gibt es keine Gleichheit, keinen Frieden, keine Gerechtigkeit. Das wissen wir. Aber dieser Krieg war wie ein Weckruf."

Die Strahlkraft des Friedens

Ich frage Ulla, wie ein solcher Einsatz für den Frieden über die Grenzen des Dorfes hinaus aussehen kann. Anders gesagt: ist Wahat al-Salam/Neve Shalom nicht eine absolute Ausnahme? Es stimmt, meint Ulla, dass andere Versuche, ähnliche Gemeinschaften zu gründen, scheiterten. Allerdings nicht, das sollte dazu gesagt werden, aufgrund fehlenden Willens, sondern weil kein Land dafür zur Verfügung steht – in Israel gehören 97 Prozent des Landes dem Staat.
Dennoch besitze die Gemeinschaft eine „Strahlkraft", argumentiert Ulla. Da ist die Grundschule, die Modell für die sieben weiteren Schulen in Israel ist, welche inzwischen ebenfalls binational und bilingual unterrichten. Sie möchten als eigener Schultyp anerkannt werden. Dass sie 2021 im nationalen Vergleich den fünften Platz unter allen Grundschulen Israels belegt haben, spricht für sich – und hat sicher dazu beigetragen, dass die Schule immer mehr Schüler:innen anzieht.
Da sind die zahlreichen internationalen Gruppen, die den Projekten der Dorfgemeinschaft finanzielle und moralische Unterstützung geben, weil sie an den Erfolg der Friedensbildung glauben. Sie ermöglichen es beispielsweise, dass Schüler:innen auch nach der Grundschule gemeinsam in einer Privatschule lernen können oder im Jugendzentrum des Dorfes einen Raum des Austauschs finden.
Und dann ist da natürlich das Begegnungs- und Fortbildungszentrum selbst, die *School for Peace*. Unter den verschiedenen Projekten, die das Zentrum anbietet, sind Langzeitkurse für bestimmte Berufsgruppen, die ein Jahr dauern. Es gibt zum Beispiel Kurse für Mitarbeitende aus Behörden und Ämtern jüdisch-arabischer Städte, für Städteplaner:innen, Rechtsanwält:innen oder Umweltaktivist:innen. Was diese Langzeitkurse besonders macht, ist, dass sie im letzten Drittel des Kurses eigene Projekte entwickeln, die das friedliche Zusammenleben von jüdischen und arabischen Menschen in Israel fördern.
Ein solches Projekt, beschreibt Ulla, gibt es in Jaffa, einem ursprünglich arabisch geprägten Teil Tel Avivs, in dem zunehmend mehr jüdische Menschen wohnen. Vor einigen Jahren ließ die Stadtverwaltung die ursprünglich arabischen Straßennamen durch neue Schilder auf Hebräisch mit oft zionistischen Namen ersetzen. Teilnehmende eines Kurses für kommunale Mitarbeiter in jüdisch-arabischen Städten entwickelten im Gegenzug eine Art Fahnen, auf denen der Straßenname auf Hebräisch gemeinsam mit dem ursprünglichen arabischen Straßennamen abgebildet ist, sowie die Hausnummer. „Man kann vielleicht keine eigenen Straßenschilder aufstellen, aber wenn man ein Haus besitzt, hat man das Recht dort das aufzuhängen, was man will", erklärt Ulla lächelnd. „Die Projektgruppe hat inzwischen über 500 solcher Fahnen verkauft und wenn man durch Jaffa geht, dann wird dort sichtbar, dass es da wirklich noch eine andere Geschichte gibt."

Städteplaner:innen und Architekt:innen eines Kurses der *School for Peace* (SfP) bei einem Treffen im Oktober

Bilder: SfP

Ein anderes Beispiel ist eine palästinensische Teilnehmerin eines Kurses, die als Städteplanerin für das Wohnungsbauministerium arbeitet. „Sie hat erreicht, dass über 100 Wohnungen von palästinensischen Israelis legalisiert wurden und deshalb nicht mehr davon bedroht sind, abgerissen zu werden, erzählt Ulla. „Solche Beispiele zeigen, dass wirklich eine Wirkung in die Gesellschaft erzielt wird."
Was ganz besonders Hoffnung macht: In diesem Jahr war die Nachfrage nach den Kursen besonders groß. Für Ulla ein Zeichen, dass mehr Menschen merken: „Es geht nicht, sich aus all dem herauszuhalten. Sie merken jetzt, dass es sie stärkt, wenn sie herausfinden, dass sie etwas tun können, auch wenn es etwas Kleines ist."

Den Muskel des Friedens trainieren

Am Ende meines Gesprächs mit Samah komme ich noch einmal auf eine ihrer Formulierungen zurück, die mir im Gedächtnis geblieben ist: Man müsse „den Muskel des Friedens trainieren". Aber wie genau kann das funktionieren? Samahs Antwort kommt sofort: „Durch Reden. Meine Medizin ist das: Es gibt keinen Konflikt, der ewig andauern kann. Das zeigt uns die Geschichte. Wie lange Kriege dauern, hängt von der Verbohrtheit der Führungsriege ab, aber jeder Krieg endet. Eines Tages wird es einen Waffenstillstand geben. Und dann? Müssen wir reden."

Dass ein solcher Dialog viel Mut und Kompromissbereitschaft erfordert, das betonen sowohl Ulla als auch Samah. Dazu gehört, sich Dinge anzuhören, die wir nicht hören wollen. Dinge, die schmerzhaft sind oder verletzend. Es erfordert Toleranzbereitschaft und Überwindung. „Letztens wurde ich bei einem Panel von einem Teilnehmer gefragt: „Du willst wirklich mit diesen Leuten Frieden schließen?'", berichtet Samah. „Ich habe geantwortet: 'Nun, normalerweise schließen wir Frieden mit unseren Feinden, nicht mit unseren Freunden. Wir müssen Frieden schließen, sogar mit den Menschen, die wir hassen, das ist das ganze Konzept hinter Frieden.' Und wir haben keine Angst, das den Leuten zu sagen."

„Es gibt keine Abkürzungen auf dem Weg zum Frieden. Aber es gibt auch keine Alternativen zum Frieden".

In Wahat al-Salam/Neve Shalom leben sie nach diesen Maximen. Sie haben gelernt und lernen immer wieder aufs Neue, zu kommunizieren und sich verwundbar zu zeigen. Samah bringt es auf den Punkt: „Manche Menschen denken, es reicht, einfach nebeneinander her zu leben. Aber um Spannungen in der Gesellschaft zu bekämpfen und Sicherheit zu finden, müssen wir Vertrauen finden. Dafür gibt es keine Abkürzungen, dazu müssen wir im selben Raum sein und miteinander reden. Und wenn die Welt dafür bereit ist, bin ich mehr als bereit, dabei zu unterstützen."

Anzeige

Erneuerbare Energien für den Frieden

Ein Lichtblick

Was hat meine Heizung mit dem Frieden zu tun? Mehr als du denkst. Die Energiewirtschaft ist geprägt von Abhängigkeiten und Rohstoffen. Der Weg in eine erneuerbare Energieversorgung unterstützt daher automatisch auch eine friedliche Zukunft, wie das Beispiel des Ökoenergieversorgers *Polarstern* zeigt.

Lucia Oiro

Es gibt eigentlich keine reine „Klimakrise", es ist eine „Weltkrise", eine „Zukunftskrise". Denn das Klima ist nicht isoliert, es betrifft alles und uns alle. Viele Konflikte weltweit stehen in direktem Zusammenhang mit den Auswirkungen des Klimawandels. Daher trägt eine umweltfreundliche Energiewirtschaft logischerweise zu einem friedlichen Zusammenleben bei. Doch der Impact der erneuerbaren Energien ist noch viel größer. Denn sie haben nicht nur großen Einfluss auf die Treibhausgasemissionen. Sie reduzieren durch eine dezentrale Energieversorgung, welche losgelöst ist von Bodenschätzen, auch die Abhängigkeiten. Das verändert die alten, energiewirtschaftlich bedingten Machtverhältnisse. Energie aus Sonne, Wind, Wasser und Biomasse kann weltweit erzeugt werden. Eine nachhaltige Energieversorgung ist damit nicht nur auf ein Zentrum organisiert. Was meine Heizung mit dem Krieg in der Ukraine oder im Irak zu tun hat, das haben die letzten Jahre verdeutlicht.

Wieso brauchen wir „dezentrale Energie"?

Die Welt ist vernetzt. Schauen wir uns allein das Netzwerk unserer Energiegewinnung an, wird deutlich, wie stark. Daraus ergeben sich politische Druckmittel, die in der Vergangenheit immer wieder zu verheerenden Kriegen und Konflikten führten. Traurige Bekanntheit als „Öl-Krieg" hat so z.B. der Irak-Krieg erlangt, welcher vor allem für die irakische Zivilbevölkerung bis heute schreckliche Ausmaße hat. Als der Irak 1990 Kuwait

Grafik: flowerstock - depositphotos.com

Bilder: Polarstern

besetzte, sahen die USA und viele andere westliche Staaten ihre Ölversorgung gefährdet. Dies führte zur „Operation Desert Storm“, die zur Befreiung Kuwaits beitrug und der Versuch war den irakischen Einfluss einzudämmen. Auch der zweite Irakkrieg ab 2003, der offiziell mit der Bekämpfung von Massenvernichtungswaffen begründet wurde, wird oft in Zusammenhang mit den großen irakischen Erdölreserven gesehen.
Fossile Energien spielten auch im Ukraine-Krieg eine entscheidende Rolle, da Europa – vor allem auch Deutschland – stark auf Erdgas, Öl und Kohle aus Russland angewiesen war. Diese Abhängigkeit hatte Russland die Möglichkeit gegeben, Energielieferungen als politisches Druckmittel einzusetzen und seine Position zu stärken, da Europa nicht sofort auf russische Importe verzichten konnte, ohne schwere wirtschaftliche Folgen zu riskieren.

Claudia Kemfert, Energieökonomin und Professorin, beschreibt die Situation in Europa gar als „fossilen Krieg“: „Dass Atomenergie auch für militärische Zwecke missbraucht werden kann, ist seit ihrer Erfindung bekannt. Seitdem wissen wir um die potenziellen Gefahren und bemühen uns in vielen Friedensvereinbarungen weltweit, die Risiken einzudämmen. Die aktuellen Ereignisse zeigen, wie gewaltig die Gefahr ist. Auch fossile Energien waren schon oft Anlass für kriegerische Auseinandersetzungen. Es gab schon einige Ölkriege auf diesem Planeten. Und, dass Putin Gas als politische Waffe einsetzt, ist ebenfalls nicht neu. Auch hier wissen wir schon immer um die potenzielle Gefahr. Obendrein führt das Verbrennen fossiler Energien zum immer schnelleren Klimawandel. Die extremen Klimaereignisse verursachen Elend, Leid und erhebliche volkswirtschaftliche Schäden. Als Wissenschaftlerin ist für mich evident: Nur eine Vollversorgung mit Erneuerbaren Energien schafft dauerhaft Frieden, stärkt Demokratie und Freiheit. Zudem sichert sie Wohlstand und Frieden auf der Welt.“

„Die Energiewende ist das beste Friedensprojekt, welches wir weltweit haben.“

polarstern

Wie macht *Polarstern* das?

Zurück zu meiner Heizung: Heute haben fast alle Versorger einen Ökostrom-Tarif im Angebot. Aber nur rund 8 % der Stromanbieter in Deutschland haben einen Tarif, der zertifiziert ist durch das *Grüner Strom Label* oder das *OK Power Label*. Also einen solchen, der wirklich einen Beitrag zur Energiewende leistet. Zudem stellt sich die Frage, welche weiteren Angebote das Unternehmen hat, also ob der Ökostromtarif nur ein Produkt unter vielen fossil geprägten Tarifen ist.

Polarstern hebt sich von anderen Energieanbietern ab, indem es nicht nur 100 % echten Ökostrom und Ökogas aus erneuerbaren Quellen anbietet, sondern auch konsequent in weltweite Energiewende-Projekte und in den Ausbau der Energiewende investiert. Das Unternehmen fördert beispielsweise Solar- und Biogasanlagen im Globalen Süden, um dort Zugang zu sauberer Energie zu schaffen. Zudem setzt *Polarstern* auf große Transparenz und Nachhaltigkeit in allen Geschäftsprozessen, unterstützt Energiegenossenschaften in Mieterstromprojekten und zeigt, welchen Beitrag man als Kund:in für die Energiewende und mehr Klimaschutz konkret leistet.
„Energie ist die Lebensader von uns Menschen. Sie prägt die Entwicklung unserer Gesellschaft – sozial, ökologisch und wirtschaftlich. Sie auf nachhaltige und zukunftsfähige Beine zu stellen, ist die Aufgabe unserer Generation. Nur so gestalten wir einen lebenswerten Planeten, geprägt von einem friedlichen und gesunden Zusammenleben“, sagt Florian Henle, Geschäftsführer des Ökoenergieversorgers Polarstern.

Wechsle jetzt mit dem Code CNM20 und erhalte eine 20 € Gutschrift auf deine Jahresrechnung. Gültig bis 28.2.2025: polarstern-energie.de

Diese Kliniken zeigen Alternativen zum profitorientierten Gesundheitssystem

Bild: escapejaja - depositphotos.com

Ganzheitliche Gesundheit für Alle

Kein Frieden ohne Gerechtigkeit. Armut macht krank und auch viele andere soziale Faktoren beeinträchtigen unsere Gesundheit und damit unsere Teilhabe an der Gesellschaft. Immer mehr Kliniken verfolgen darum einen ganzheitlichen Ansatz, ohne auf Profit zu setzen, und zeigen dabei: Ein gerechteres System ist möglich.

Luisa Vogt

Gesundheit ist ausschlaggebend für Frieden, das erkannte die Weltgesundheitsorganisation *WHO* bereits 1948 bei ihrer Gründung an. In ihrer Satzung legt sie fest: „Die Gesundheit aller Völker hat fundamentale Bedeutung, um Frieden und Sicherheit zu erreichen". Auch über 70 Jahre später betont der Leiter der *WHO*-Zentrale in Genf, Bernhard Schwartländer: „Ohne Gesundheit kann es keinen Frieden geben." Genau wie der Zugang zu Nahrung oder sauberem Trinkwasser, ist Gesundheit schließlich ein Menschenrecht, ein Grundrecht. Und wie für alle anderen Grundrechte gilt: Wenn diese Rechte nicht erfüllt werden, ist nachweislich die Wahrscheinlichkeit höher, dass es zu Konflikten kommt. Besonders problematisch ist es, wenn der Zugang zu Grundrechten ungleich verteilt ist. Dass das in Sachen Gesundheitsversorgung gerade der Fall ist, ist kein Geheimnis. Im letzten Magazin „Gesundheit. Danke" führte ich dazu ein Interview mit *Ärzte ohne Grenzen*, die sich weltweit für einen gerechteren Zugang zu Arzneimitteln, Impfungen und medizinischer Versorgung allgemein einsetzen. Aber, das wurde mir bewusst, als ich länger über den Zusammenhang von Gesundheit und Frieden nachdachte: Gerechtigkeit und Gleichheit sind nicht nur weltweit gesehen fundamental für Frieden. Sie bestimmen auch unser friedliches Zusammenleben im Alltag, auch hier in Europa. Das Gefühl, Zugang zu Grundrechten wie gerechter Gesundheitsversorgung zu haben, bestimmt darüber, ob ich dem System vertraue, in dem ich lebe, oder ob ich es anzweifle und mich dagegen auflehne, wie auch eine Studie der *Hans-Böckler-Stiftung* unterstreicht.

Darum will ich diesmal den Blick nicht auf die globalen Strukturen richten, sondern ganz nach dem Leitsatz, dass Veränderung bei uns selbst beginnt, auf die Ungerechtigkeiten im deutschen Gesundheitssystem blicken. Dabei spreche ich nicht nur von der Unterteilung in Privat- und Kassenpatient:innen, sondern auch über etwas, das leider noch viel zu häufig übersehen wird: soziale Faktoren beeinflussen unsere Gesundheit. Dazu zählen – auch dies hat die *WHO* übrigens bereits früh festgehalten – unsere Lebensumstände, unser Einkommen oder Wohnverhältnisse. Sie bestimmen häufig ebenfalls darüber, welchen Zugang wir zu Gesundheitsversorgung haben, wie gut wir das System navigieren können, und können entscheidend dafür sein, ob Beschwerden richtig diagnostiziert werden.
In einem System, das noch viel zu häufig auf Gewinn ausgerichtet ist, sind soziale Faktoren bisher Randsache. Aber das muss nicht so sein. Wir stellen drei Einrichtungen vor, die ganzheitliche Gesundheitsversorgung praktizieren. Sie zeigen, dass ein anderes, gerechteres System möglich ist.

Grafik: macrovector - depositphotos.com

Sozioökonomische Bedingungen wie Einkommen oder Wohnverhältnisse sind direkt mit der Lebenserwartung verknüpft, das zeigen Studien aus der ganzen Welt. In Deutschland haben beispielsweise einer 2024 veröffentlichten Studie zufolge Menschen, die dem sozial am schlechtesten gestellten Fünftel der Gesellschaft angehören, ein 33 bis 43 Prozent höheres Risiko, vorzeitig zu sterben als Gleichaltrige, die dem sozial am besten gestellten Fünftel der Gesellschaft angehören.

Doch wie wird diese soziale Stellung bemessen? Die Poliklinik im Veddel nennt mindestens die folgenden Faktoren als „soziale Determinanten von Gesundheit":

- Rassismus
- Umwelt, darunter fallen Aspekte wie
- Schadstoffbelastung, Lärmbelästigung o.ä.
- Stress
- Mobilität
- Arbeit
- Gender
- Wohnen

Auch Bildung ist ein Faktor, der, ebenso wie ungleiche Einkommensverteilung, mit den Aspekten Gender und Arbeit verknüpft ist. All diese gesellschaftlich krankmachenden Faktoren will die *Poliklinik Veddel* in den Fokus rücken. und so „längerfristig zu einem gesünderen und lebenswerteren Umfeld beitragen".

Poliklinik Veddel:

„Einfach zum Arzt gehen? – Kannst du doch!" Heißt es auf der Website der *Poliklinik Veddel* lakonisch als Antwort an all diejenigen, die am Konzept noch Zweifel haben. Doch hier ist eben noch viel mehr möglich als ein „einfacher" Arztbesuch. An drei Standorten im Hamburger Veddel bietet die Poliklinik nicht nur Allgemeinarztpraxen, sondern auch psychologische Beratung, eine Sozial- und Gesundheitsberatung, *Community Health Nursing* und Hebammenversorgung. Darüber hinaus liegt ein großer Faktor auf Präventionsprojekten, die gemeinsam mit den Bewohner:innen des Veddel erarbeitet und durchgeführt werden. Denn, so das Credo der Klinik: Die Menschen in den Stadtteilen sind Expert:innen für die gesundheitlichen Belastungen, die aus ihren Lebensumständen entstehen, genauso wie für ihre Lösungen.

Das Veddel in Hamburg ist einer der Orte, die als „Problemviertel" bezeichnet werden, mit seiner postmigrantischen Bevölkerung und dem vergleichsweise geringen sozioökonomischen Standard. Genau darum ist die Poliklinik gerade hier angesiedelt. Dort, wo die Menschen sie am meisten brauchen: „Die Menschen leben hier durchschnittlich fast 11 Jahre kürzer als in den reicheren Vierteln. Die Krankheitsdichte ist hier laut Hamburger Morbiditätsatlas mit die höchste und hinsichtlich sozialer Infrastruktur herrscht eine eklatante Unterversorgung", heißt es auf der Website der Poliklinik.
Um das Problem anzugehen, arbeitet ein multiprofessionelles Team von ca. 35 Leuten, aus Berufsfeldern von Pflege, Medizin und Psychologie über Soziale Arbeit und Sonderpädagogik bis hin zu Jura, eng zusammen. Sie orientieren ihr Angebot an den Bedürfnissen der Menschen und bieten ganzheitliche Betreuung, weit über die in einer Einzelpraxis mögliche Versorgung hinaus. Um noch mehr Aufklärung zu schaffen, erhebt die Klinik Daten und führt Forschungen zu sozialer Ungleichheit durch. So soll es in Zukunft leichter werden, die positiven Effekte ganzheitlicher Gesundheitsversorgung aufzuzeigen und Lösungsansätze umsetzbar zu machen.

Das *GeKo* in Berlin: mehr Zeit und mehrsprachig

Das *Gesundheitskollektiv Berlin e.V.* gibt es seit 2016. Im Februar 2022 eröffnete der Verein das *Stadtteil-Gesundheits-Zentrum in Neukölln* (*GeKo*). Auf dem Gelände der alten Kindl-Brauerei finden sich heute eine Allgemeinmedizinische Praxis, eine Kindermedizinische Praxis, Räume zur Beratung, Therapie und sogar ein Café. Außerdem organisiert das Kollektiv regelmäßig Nachbarschaftsprojekte und Veranstaltungen zu Sport und Spiel im Kiez, um die Bewohner:innen einzubinden und Räume der Begegnung zu schaffen. Eine mobile Gesundheitsberatung bietet in verschiedenen Einrichtungen im Rollbergkiez und im Flughafenstraßen-Kiez ausführliche Beratungen zu verschiedensten Gesundheitsthemen an. Die Spanne der Orte reicht dabei vom Elterncafé über Bibliotheken zu Moscheen und Grundschulen.

„Wir glauben, dass gute Gesundheitsversorgung nicht profitorientiert, sondern nur interdisziplinär, gemeinnützig und demokratisch stattfinden kann",

Alle Angebote des *GeKo* sind kostenlos. Die Mitarbeiter:innen nehmen sich in ihren Gesprächen Zeit, um den Menschen wirklich zuzuhören und herauszufinden, woher ihre Beschwerden stammen. Körperliche Faktoren, seelische und soziale und auch ihr Zusammenwirken, all das wird gleichzeitig berücksichtigt. Für besseres Verständnis gibt es Sprachmittler:innen und Übersetzer:innen, die zwischen Deutsch, Englisch, Türkisch und Arabisch vermitteln können.

Das Konzept der Poliklinik: gesundheitliche Chancengleichheit

Beide Kliniken sind Teil des Poliklinik-Syndikats. Das Syndikat ist ein Zusammenschluss verschiedener Projekte aus mehreren Städten, die alle das Ziel solidarischer Gesundheitszentren verfolgen. Sie kennzeichnet, dass sie sich ganz klar gegen Profitinteressen stellen.

heißt es auf ihrer Website. Sie fordern zudem Qualität statt Quantität und Gesundheit als Allgemeingut. Das bedeutet, dass beispielsweise im *GeKo* auch Menschen ohne Krankenversicherung und Deutschkenntnisse behandelt werden.
Wie aber kann ein „funktionierendes Finanzierungsmodell 2.0" als Alternative zum gewinnorientierten aktuellen Versorgungsmodell aussehen? Im *GeKo* in Berlin stammen die Gelder für die Praxen aus der Kassenärztlichen Vereinigung, alle anderen Angebote werden vom Land Berlin, dem Quartiersmanagement und von Stiftungen finanziert. Auch Spenden und ehrenamtliche Arbeit ermöglichen die Weiterführung der Klinik.

Langfristig wünschen sich die Beteiligten der Polikliniken ein System, in dem Gesundheit nicht mehr über ökonomische Leitlinien funktioniert, sondern über soziale. Inzwischen gibt es nicht nur in Hamburg und Berlin, sondern auch in Freiburg, Köln, Jena und Leipzig Kliniken, die diesen Ansatz verfolgen, in Dresden, und Göttingen sind Gesundheitskollektive dabei, ähnliche Strukturen aufzubauen.

Gesundheitsversorgung ohne Grenzen

Nicht Teil des Poliklinik-Syndikats, aber ähnlich aufgebaut wie die Kliniken in Berlin und im Hamburger Veddel ist die *Praxis ohne Grenzen* im Hamburger Stadtteil Eidelstedt. Was diese Praxis besonders macht, ist neben ihrer multiprofessionellen Ausrichtung – medizinische Facheinrichtungen von innerer Medizin über Gynäkologie, Augen- und Zahnmedizin bis hin zur Chirurgie und umfassende Sozialberatung – vor allem eines: In dieser Praxis werden gezielt Menschen behandelt, die nicht versichert sind.
Insgesamt 66 ehrenamtliche Mitarbeiter:innen arbeiten hier, jeden Mittwoch Nachmittag bieten sie offene Sprechstunden an für alle, die sonst durch das Versorgungsnetz fallen. Darunter zählen unter anderem deutsche Staatsbürger:innen ohne Krankenversicherung, EU-Bürger ohne sozialversicherungspflichtige Arbeit und Migrant:innen ohne Papiere. Mit ihrem Angebot wolle sie auf die gesellschaftliche Herausforderung reagieren, „dass das Recht auf Gesundheit, garantiert durch internationales Recht und das Grundgesetz, für nicht krankenversicherte Patienten in vielen Bereichen nicht gewährleistet ist", heißt es auf der Website der Praxis.

Tatsächlich ist die Hamburger Praxis nicht die einzige Einrichtung ihrer Art. Bereits seit 2010 eröffnete der Facharzt für Allgemeinmedizin und Kinderheilkunde Dr. med. Uwe Denker die erste *Praxis ohne Grenzen* in Bad Segeberg,Schleswig-Holstein. Inzwischen gibt es acht *Praxen ohne Grenzen* in Deutschlands Norden. Wie auch die *Poliklinik Veddel* und das *GeKo* in Hamburg zeigen sie: Eine Veränderung des Gesundheitssystems hin zu einem System, das den Menschen wieder in den Fokus rückt, ist nicht nur nötig, sondern möglich. So entsteht mehr Gerechtigkeit nicht nur in der Gesundheitsversorgung, sondern im System allgemein. Und vielleicht, auf kleine, aber wichtige Art, wird dadurch auch unser Alltag das kleine Stückchen gerechter – und konfliktfreier.

Ein Mensch ist ein Mensch durch andere Menschen oder: der Wert der Gemeinschaft

Ubuntu: Eine Philosophie der Menschlichkeit

Es ist die Frage, der sich die Philosophie seit Jahrtausenden widmet: Was bedeutet es, ein Mensch zu sein? In vielen afrikanischen Gesellschaften findet sich die Antwort nicht im Individualismus, sondern in der Gemeinschaft. Was wir von Philosophien wie Ubuntu lernen können – und wie ihre Lehren zu einem friedlichen Zusammenleben beitragen können.

Luisa Vogt

Ich stehe auf den Stufen vor meinem Hostel in Dar es Salaam, als ich mich plötzlich in eine Unterhaltung verwickelt finde. Gut, in einem Hostel angesprochen zu werden, ist an sich nichts Ungewöhnliches. Dass wir binnen weniger Minuten den Smalltalk hinter uns lassen und über afrikanische Philosophie sprechen, eher schon.

Clement, so heißt mein Gesprächspartner, hat sich in den letzten Jahren vermehrt mit Ubuntu auseinander gesetzt, erklärt er mir – nur um mich sofort auf die Probe zu stellen: Was ich denn über Ubuntu wüsste? Ich komme ins Straucheln: Gehört habe ich das Wort natürlich, auch zu dem, was es bedeutet, habe ich noch eine Vorstellung – allerdings sehr vage. Ubuntu habe etwas mit gesellschaftlichem Zusammenhalt und Einssein zu tun, so viel krame ich aus meinem Hinterkopf noch hervor. Clement nickt anerkennend, ich liege also zumindest nicht völlig daneben. Allerdings – das wird mir während unseres Gesprächs bewusst, und noch viel mehr in den Wochen und Monaten danach – ist Ubuntu noch so viel mehr als das.

Wie jede Philosophie hat die afrikanische Philosophie des Ubuntu (oder: Umuntu, Umunthu, Ubothu) verschiedenste Auslegungen, Ausprägungen und Anwendungsbereiche. Wie jede Philosophie hat Ubuntu damit auch Stärken und Schwächen. Aber Ubuntu kann uns enorm viel lehren: Darüber, was Menschsein und Menschlichkeit bedeutet. Darüber, wie ein gesellschaftliches Miteinander aussehen kann, das auf Gemeinschaft basiert. Und darüber, wie wir Gerechtigkeit verstehen.

Die Essenz des Menschseins

Desmond Tutu war einer der bekanntesten Vertreter von Ubuntu in den letzten Jahrzehnten. Er beschreibt Ubuntu so:

„In unserer Afrikanischen Gemeinschaft gibt es etwas, das sehr schwer in westliche Sprachen übertragbar ist. Es heißt: Ubuntu. Ubuntu ist die Essenz dessen, was es bedeutet, ein Mensch zu sein. Es besagt: Ein einzelner Mensch ist ein Widerspruch in sich."

Grafiken: soponpor, OlgaYakovenko - depositphotos.com

Desmond Tutu bei einer Rede in Los Angeles 1986

Bild: wikimedia commons, Thomas Kelsey, Los Angeles Times

Was das bedeutet? Ein einzelner Mensch könnte nicht sprechen, nicht gehen, nicht denken wie ein Mensch, erklärt Tutu. „Wir müssen von anderen Menschen lernen, was es bedeutet, ein Mensch zu sein. Darum sagt Ubuntu: Meine Menschlichkeit ist untrennbar mit deiner verbunden. Ich bin, nur weil du bist."

Anders als die Philosophie der Aufklärung, nach der gerade viele westliche Gemeinschaften heute leben und die unser Sein von unserer Fähigkeit zu denken abhängig macht, rückt Ubuntu den Gemeinschaftsaspekt in den Fokus, erklärt Tutu. Statt „ich denke, also bin ich" besagt Ubuntu: „Ein Mensch ist ein Mensch nur durch andere Menschen", auf Xhosa: „Ubuntu ungamntu ngabanye abantu" – oder in Zulu: „Umuntu ngumuntu ngabanye".

Versöhnung für den sozialen Zusammenhalt

Für Tutu, der für seinen Einsatz gegen das Apartheidregime in Südafrika 1984 mit dem Friedensnobelpreis ausgezeichnet wurde, war diese Philosophie grundlegend. Nicht nur in den Jahren während der Apartheid, sondern vor allem danach. Denn nach den ersten freien Wahlen in Südafrika im Jahr 1994 bat Präsident Nelson Mandela den damaligen Erzbischof von Kapstadt, die „Wahrheits- und Versöhnungskommission" (englisch: *Truth and Reconciliation Commission, TRC*) zu leiten.

Ziel der Kommission war es, die Verbrechen der Apartheid aufzuarbeiten und die Geschädigten und Täter:innen in einen Dialog zu bringen. Dabei wurde den Angeklagten Amnestie zugesagt, wenn sie ihre Taten zugaben; die Geschädigten erhielten finanzielle Hilfe. Ziel war es, eine Versöhnung zwischen allen betroffenen Bevölkerungsgruppen zu schaffen und gleichzeitig eine umfassende Aufklärung der Verbrechen des Apartheidregimes zu leisten. Alle Anhörungen fanden darum öffentlich statt.

Durch diese Maßnahmen sollte ein Weg in die Zukunft geebnet werden, bei dem alle Parteien trotz der Verbrechen der Vergangenheit friedlich gemeinsam existieren können. Dieses Verständnis ist auch grundlegend für das Verständnis von Gerechtigkeit in Ubuntu, erklärt Tim Murithi, Leiter des *Peacebuilding Interventions Programme* am *Institute for Justice and Reconciliation* in Kapstadt. „Das Leitprinzip von Ubuntu basiert auf dem Gedanken, dass alle Parteien sich versöhnen müssen, um das soziale Vertrauen und die soziale Kohäsion wieder aufzubauen und aufrechtzuerhalten." Dabei ginge es auch darum, eine Kultur der Vergeltung zu vermeiden.

Tutu predigte darum, in einer Vereinigung seiner christlichen Werte und der Philosophie des Ubuntu, Versöhnung: „Wir brauchen gemeinschaftliche Harmonie, wenn wir als Menschen überleben wollen", so seine Überzeugung, „Wut, Vergeltung und Bitterkeit zerstören diese Harmonie." Gerechtigkeit wird so zu einer Aufgabe der Gemeinschaft.

Konflikte lösen als Gemeinschaft

In Ubuntu-Gesellschaften bestünden daher seit jeher Wege, um Auseinandersetzungen zu lösen und gleichzeitig die soziale Harmonie zu bewahren, argumentiert Murithi. In seinen Abhandlungen setzt er sich eingehend mit dem Gerechtigkeitsverständnis auseinander, das vielen afrikanischen Gesellschaften zugrunde liegt – und das er auf Ubuntu zurückführt.

Im Zentrum vieler afrikanischer Wege der „Rechtsprechung“ oder Konfliktlösung stand die Suche nach Konsens zwischen den Betroffenen darüber, wie ein Vergehen angemessen bestraft oder ein Konflikt gelöst werden konnte, erklärt er. Je nachdem, worum es sich bei dem Vergehen handelte, und wer davon betroffen war, konnte eine solche Aushandlung innerhalb einer Familie, einer Gemeinschaft oder aber sogar zwischen Angehörigen verschiedener ethnischen Gruppen oder Nationalitäten stattfinden.
Ein Beispiel für eine solche Form der Rechtsprechung sind die Ikundla/Lekgotla-Gerichte in Südafrika und Botswana, die Murithi als eine „Gruppenmediation oder ein Versöhnungsforum“ beschreibt. Dabei wurde die gesamte Gesellschaft an verschiedenen Punkten des Prozesses einbezogen, um eine Lösung für Probleme zu finden, die als Bedrohung für den Zusammenhalt in der Gemeinschaft gesehen wurden.

Unter Leitung eines Ältestenrates oder der Führer:innen der Gemeinschaft fand eine Versammlung statt, bei der insbesondere die Familienangehörigen von Geschädigten und Täter:innen, darunter ihre Frauen und Kinder, Vergehen und mögliche Wiedergutmachung besprachen. Auch andere Mitglieder der Gemeinschaft konnten ihre Meinungen und Ansichten äußern, Geschädigten, Täter:innen und Zeug:innen Fragen stellen und Vorschläge zur Lösung des Konfliktes geben. Am Ende war es die Aufgabe des Ältestenrates, auf Basis des Gehörten und unter Einbezug der Gemeinschaft eine Lösung zu finden, die eine Einigung oder Versöhnung zwischen den Parteien förderte.
Internationale Aufmerksamkeit fand dieses Vorgehen durch den Einsatz der *Gacaca* in Ruanda zur Aufarbeitung des Genozids von 1994. 2002 entschied die Regierung, zusätzlich zur Rechtsprechung durch das *UN International Criminal Tribunal* lokale Gerichte einzusetzen. Dabei kamen einmal wöchentlich, vor allem im ländlichen Raum, Mitglieder einer Gemeinschaft zusammen, um einen möglichen Umgang mit den Täter:innen während der ca. 3-monatigen Gewalttaten des Genozids, bei dem mehr als 800.000 Menschen ermordet wurden, auszuhandeln. Die Strafen reichten von mehreren Jahren Gefängnis bis zu gemeinnütziger Arbeit.

Ist Vergebung möglich?

Inwieweit die *Gacaca* in Ruanda tatsächlich erfolgreich waren, ist umstritten. Dass die Strafen für ähnliche Vergehen zum Teil stark voneinander abwichen, weckte den Vorwurf von Willkür und unzureichender Ausbildung derjenigen, die mit der Rechtsprechung beauftragt waren. Manche Beobachter:innen argumentierten, dass durch den Vorgang weder komplette Aufklärung geschaffen, noch Aufarbeitung oder Versöhnung erzeugt wurde. Heute ist ein freier Diskurs über den Konflikt unmöglich; dafür sorgen entsprechende Vorgaben der Regierung, die streng durchgesetzt werden. Ist es Versöhnung, wenn man einfach nicht mehr darüber spricht?, fragen Kritiker:innen. Auch darum sind die Bekanntgebungen der Regierung, die den Einsatz der *Gacacas* als äußerst erfolgreich loben, mit Vorsicht zu genießen.

Was jedoch auch anerkannt werden muss: eine Bestrafung aller Täter:innen nach dem Modell der retributiven Gerechtigkeit wäre allein schon logistisch nicht umsetzbar gewesen – einer der Gründe, warum die *Gacacas* ins Leben gerufen wurden, waren extrem überfüllte Gefängnisse. Auch war ein so großer Teil der Bevölkerung an den Verbrechen beteiligt gewesen, dass es aus sozialer Sicht nicht sinnvoll schien, einen Großteil der Gesellschaft zu verurteilen.
Die *Gacacas* boten damit eine Alternative zu einer allgemeinen Amnestie, die es den Geschädigten und ihren Familien ermöglichte, gehört zu werden – und den

Bild: tiagofernandez - depositphotos.com

Täter:innen, ihre Vergehen einzugestehen und um Vergebung zu bitten. Ob eine solche Vergebung wirklich möglich ist, kann sich niemand anmaßen, von außen zu beurteilen. Aber, wie mir ein Bekannter sagte: „Meine Familie wusste, wir werden weiterhin Tür an Tür mit ihnen (den Täter:innen) wohnen. Es gab keine Alternative. Wir müssen damit leben und es schadet uns nur selbst, wenn wir weiterhin Hass gegen sie hegen."

Gerechtigkeit durch Wiedergutmachung

Es mag drastisch klingen: den Täter:innen, den Verursacher:innen von so viel Gewalt zu vergeben. Und Vergebung ist sicher auch nicht in allen Fällen möglich. Doch der Gerechtigkeitsansatz der *TRC* – und der in vielen Gemeinschaften, deren Philosophien Ubuntu ähneln – wird zunehmend als valide Alternative zu dem Gerechtigkeitsverständnis anerkannt, das seit langer Zeit unter anderem in Europa dominant ist. In juristischen und soziologischen Kreisen spricht man bei letzterem System von „retributive justice", also „Vergeltungsjustiz" oder „ausgleichender Gerechtigkeit". Dabei wird Gerechtigkeit so verstanden, dass Menschen, die ein Verbrechen begangen haben, bestraft werden müssen und dass die Strafe im Verhältnis zur Schwere ihres Verbrechens steht.

Ein Ansatz nach Ubuntu bzw. das Verständnis von Gerechtigkeit, das der *TRC* und auch dem Vorgehen in Ruanda zugrunde lag, würde eher dem gleich kommen, was als „restorative justice" beschrieben wird, auf Deutsch in etwa: „wiedergutmachende Gerechtigkeit". Es bedeutet, kurz zusammengefasst, dass die Zusammenarbeit und Reintegration sowohl von Geschädigten als auch Täter:innen das Ziel der Rechtsprechung ist. Laut Befürworter:innen bietet „*Restorative Justice* eine Möglichkeit, die Menschlichkeit sowohl von den Geschädigten als auch den Täter:innen zu betonen … Die Stimme der Geschädigten zählt besonders und die Beziehung zwischen den Täter:innen und den Geschädigten steht im Zentrum des Prozesses."
Restorative Justice hat in den letzten Jahrzehnten an Popularität gewonnen. Auch viele europäische Länder haben inzwischen Maßnahmen zur Wiedergutmachung in ihre Rechtssysteme aufgenommen – mit Erfolg: Studien zeigen, dass die Rückfallquoten deutlich niedriger sind, wenn Täter:innen Maßnahmen der Wiedergutmachung ableisten anstatt beispielsweise Gefängnisstrafen.

Der Gemeinschaft etwas zurückgeben

Doch kehren wir zurück zur Philosophie von Ubuntu – oder „umunthu" in Malawi, „botho" in Setswana (Simbabwe) oder „bomoto" im Kongo. In vielen Bantu-Sprachen und - Gesellschaften in Süd- und Ostafrika finden sich Begriffe mit demselben linguistischen Ursprung. Sie alle basieren auf dem Nomen für „Person" oder „Menschlichkeit". Auch in anderen Regionen Afrikas finden sich Konzepte, die die grundlegenden Prinzipien von Ubuntu vereinen, jedoch andere Bezeichnungen tragen, von *Teranga* im Senegal bis zu *Harambee* in Kenia. Die weite Verbreitung dieser Konzepte über den afrikanischen Kontinent zeigt, wie grundlegend die Prinzipien der Philosophie in vielen afrikanischen Gesellschaften verankert sind, noch auf ganz andere Weise, über das Verständnis von Gerechtigkeit und die Rechtsprechung hinaus.
Für Getrude Matshe ist Ubuntu eine Lebensrealität, mit der sie aufgewachsen ist. „Es war nichts, was mir beigebracht wurde, sondern etwas, das ich jeden Tag erfahren habe", erklärt sie. „Ich habe es gelernt, indem ich den Leuten um mich herum zugesehen habe." Die in Simbabwe geborene Autorin und internationale Rednerin hat Ubuntu darum bereits mehrere Keynotes und TEDx-Talks gewidmet, in denen sie beschreibt, was ein Leben nach den Prinzipien von Ubuntu für sie bedeutet. Denn das grundlegende Verständnis von Humanität, das die Philosophie lehrt, kann sich im Alltag auf verschiedenste Weise äußern, erklärt sie:

„Es kann bedeuten, die Waisenkinder in meiner Familie zu unterstützen. Es kann bedeuten, ein weinendes Kind in der Schule auf den Schoß zu nehmen. Es kann einfach bedeuten, jemanden im Supermarkt anzulächeln." All die vielen kleinen Taten, so ihre Grundüberzeugung, haben gemeinsam einen spürbaren, positiven Effekt auf die Gemeinschaft – und dadurch auf alle Menschen, die ihr angehören, also auch auf sie selbst.

Grafik: KaterynaPavlenko - depositphotos.com

Für Matshe geht es auch darum, etwas zurückzugeben. Schließlich hat ihre Gemeinschaft damals zusammen geholfen, um ihr das Studium in ihrer heutigen Heimat Neuseeland zu ermöglichen. Im Gegenzug investiert sie in Projekte der Dorfgemeinschaft, vor allem in die Förderung der Grundschule.

Viele Lösungen, erklärt sie, kommen dabei aus der Gemeinschaft selbst. „Eine der Frauen schlug vor: Warum kaufst du keine Mühle? Im Moment laufen wir zehn Kilometer ins nächste Dorf mit 50 kg-Säcken Mais, um sie dort mahlen zu lassen. Wenn du eine Mühle hier auf dem Schulgelände installierst, können wir einfach hierher kommen." Gesagt – getan. Matshe besorgte die Mühle, es kostete sie 500 Dollar. Durch den Ertrag können die Frauen ihre eigenen Kosten für Essen und Elektrizität decken, den zusätzlichen Gewinn nutzen sie, um die Schulgebühren für ihre Kinder zu zahlen. Für Matshe ist es ein Erfolg, der sie ganz persönlich betrifft, ganz nach ihrem Credo:

> „We rise by lifting others", frei übersetzt in etwa: „Indem wir andere Menschen unterstützen, wachsen wir selbst".

Verantwortung für die Welt, die uns umgibt

Diese Einstellung findet sich auch bei Clement wieder, meinem Gesprächspartner aus dem Hostel. Für ihn hat die Philosophie von Ubuntu auch eine wirtschaftlich-unternehmerische Komponente. Er selbst produziert Honig auf einer Farm im Süden Tansanias. Ubuntu bedeutet für ihn, dass der Erfolg seines Unternehmens auch Verantwortung gegenüber der Gemeinschaft bedeutet. „Es heißt, dass ich Arbeitsplätze anbieten kann, dass ich Bildungsprogramme initiieren und investieren kann in das, was die Menschen in meinem Umfeld brauchen", erklärt er. Gleichzeitig ist sein Erfolg erst möglich durch seine Mitarbeitenden und die Unterstützung der Gemeinschaft. Eine Art Kreislauf, in dem finanzieller Erfolg nicht als das Produkt von Konkurrenz gesehen wird, sondern als kollektiver Wert, der allen zugutekommt.

Gleichzeitig ist für Clement klar, dass er auf seiner Farm nachhaltig wirtschaften will – auch das gehört zu seinen Prinzipien. Auf seiner Business-Karte, die er mir stolz präsentiert, stehen neben den grundlegenden Informationen zwei Zitate. Eines davon ist der Leitsatz von Ubuntu: „Ein Mensch ist ein Mensch durch andere Menschen". Der andere: „Ohne Bienen hat die Menschheit keine Chance." Denn schließlich bedeute Ubuntu nicht nur, dass der Mensch untrennbar mit anderen Menschen verbunden sei, sondern auch mit seiner Umwelt. Auch in anderen Regionen Afrikas nimmt Ubuntu daher eine immer größere Rolle in Ansätzen des Umweltschutzes ein.

Bild: wikimedia commons, Rasheedhrasheed

„Das ist das Leben in einer Gemeinschaft“

Natürlich ist Ubuntu nicht die einzige Philosophie, die uns lehrt, dass wir alle miteinander verbunden sind. Ähnliche Ansätze gibt es in verschiedenen Ländern und Sprachen.

Man muss es aber auch nicht immer benennen. Während ich diesen Artikel schreibe, wird mir bewusst, wie oft ich in den letzten Monaten hier in Tansania Beispiele von Prinzipien von Ubuntu erlebt habe – ohne, dass irgendjemand es für nötig erachtet hätte, dabei auf eine Philosophie zu referieren. Genau das ist es vermutlich, was Ubuntu ausmacht: die Selbstverständlichkeit, mit der die Prinzipien der Gemeinschaft und Gegenseitigkeit im Alltag ihren Ausdruck finden.

Zum Beispiel, wenn ich morgens auf die Gruppe der Motorradfahrer zugehe, die auf Fahrgäste wartet, um von A nach B zu gelangen und sie mich ohne ein Zeichen von Konkurrenz an denjenigen ihrer Kollegen weiterleiten, der gerade „dran“ ist – nicht an denjenigen, der eben erst einen Fahrgast hatte.

Oder wenn die Frauen im Viertel meiner Gastfamilie in Sansibar monatlich kleine Summen an Geld sparen und zusammentragen, um diejenigen zu unterstützen, die sie am meisten brauchen, weil jemand krank ist, Schulgebühren bezahlen muss, oder eine Reise ins Ausland ansteht.

Oder erst gestern, als wir mitten in der Nacht um meinen Küchentisch saßen und meine Bekannten mir davon erzählten, wie es war, in einem der Viertel von Dar es Salaam aufzuwachsen: „Wir waren ständig unterwegs, sind bei den Familien in der Nachbarschaft ein- und ausgegangen. Wenn wir Hunger hatten, gab es immer bei irgendeiner Nachbarfamilie Essen für alle. Für unsere Eltern war es in Ordnung, solange wir einmal am Tag kurz aufgetaucht sind. Sie wussten, dass die Leute in der Gegend auf uns aufpassen und sich um uns kümmern.“

Heute helfen sie einander gegenseitig in dieser Gruppe von Künstler:innen und Tänzer:innen, die um den Tisch versammelt ist. Wenn es finanziell eng wird, hilft man aus. Wenn jemand ausfällt, springt jemand anderes spontan ein. Wenn jemand einen Schlafplatz braucht, findet sich einer – sei es für ein paar Tage, Wochen oder Monate. Da ist es auch zweitrangig, wie gut man die Person kennt. Eine Gegenleistung wird nicht erwartet. Es reicht, zu wissen, dass man selbst auf dieselbe Unterstützung zählen kann, wenn es eng wird. „Das ist das Leben in einer Gemeinschaft“, fasst einer meiner Freunde zusammen. Die anderen nicken – es ist alles gesagt.

Bild: Arnold Tibaijuka - wikimedia.org

Als Sozialunternehmer:in aktiv in Konfliktregionen

Menschen, die die Welt positiv verändern

Überall auf der Welt gibt es Menschen, die neue Lösungen suchen, um die Welt ein Stück besser zu machen. Unser Autor hat hunderte von ihnen kennengelernt und festgestellt: Viele von ihnen wagen sich auch in Krisenregionen. Denn dort ist der Bedarf am größten.

Andreas Renner

Als Kind wollte ich immer die Wüsten begrünen. Mich hatte ein Artikel über Forscher:innen begeistert, die salzwasserresistente Pflanzen züchteten und so trockene Küstenregionen in Afrika fruchtbar machten. Die Begeisterung für Menschen, die mit neuen, oftmals ungewöhnlichen Lösungen positiven Wandel gestalten, ist geblieben. Über meine Arbeit mit Sozialunternehmer:innen konnte ich zu vielen sozialen und ökologischen Herausforderungen, die sich in der aktuellen Welt stellen, Ansätze kennenlernen, die frische Perspektiven in oftmals festgefahrene Diskussionen bringen. Dies gilt auch für die besonders schwierige Frage, wie man sich in Krisen- oder Kriegsgebieten für eine bessere Welt einsetzen kann.

Einige starke Beispiele möchte ich im folgenden skizzieren – alles Projekte, deren Gründer:innen ich im Rahmen der Arbeit unseres Social Startups *GOOD* bzw. meiner Arbeit mit *GEXSI* (Global Exchange for Social Investment) kennenlernen durfte. Der Bogen spannt sich von Entrepreneur:innen, die sich – zufällig oder ganz gezielt – in Konfliktregionen unternehmerisch betätigen und damit zur Stabilisierung beitragen, über ungewöhnliche bis verblüffende Ansätze, wie Herausforderungen in (Post-)Konfliktregionen gelöst werden können, bis hin zu Ansätzen, die uns zuhause fernab der Konfliktregionen die Möglichkeit geben, Teil der Lösung zu sein.

Bart Weetjens und Christophe Cox: HeroRats – Ratten im Einsatz gegen Landminen

Eine der ungewöhnlichsten Ideen für die Arbeit in (Post-)Konfliktregionen ist HeroRats, gegründet von Bart Weetjens. Ich hatte Bart vor Jahren auf einer Impact Konferenz kurz kennengelernt, als sein Projekt noch ganz jung war, und habe die Arbeit seiner Organisation seitdem mit wachsender Begeisterung verfolgt.

Bart hatte als Jugendlicher bei sich zuhause in Belgien ein ungewöhnliches Haustier: Eine Ratte, der er beigebracht hatte, versteckte Gegenstände zu finden. Dies brachte ihn auf die Idee zu erforschen, ob Ratten mit ihrem extrem feinen Geruchssinn nicht auch Landminen aufspüren könnten. Denn sie sind selbst zu leicht, um diese auszulösen, so dass sie sich ungefährdet im kontaminierten Gelände bewegen können.

Gemeinsam mit seinem Freund Christophe Cox arbeitete er die Idee weiter aus und gründete die Organisation *APOPO – Antipersoonsmijnen Ontmijnende Productontwikkeling*. Mit erstaunlichem Erfolg: Es gelang ihnen, die Ratten so zu trainieren und die Routen über die Minenfelder so zu organisieren, dass Landminen zuverlässig aufgespürt werden können. Zum Einsatz kommt dabei die afrikanische Riesenhamsterratte. Diese ist nicht nur sehr gelehrig und zahm, sondern hat zudem mit bis zu neun Jahren eine recht hohe Lebenserwartung, so dass sich das intensive Training auch lohnt. *APOPO* ist derzeit aktiv in Angola, Kambodscha, Aserbaidschan, im Südsudan sowie Senegal, wo Tausende von Minen und Blindgänger geräumt werden konnten.

Aktuell erprobt *APOPO*, inwieweit mit kleinen Kameras ausgestattete Ratten im Katastrophenschutz zum Einsatz kommen können, etwa bei der Suche nach Erdbebenopfern. Ein Einsatz in akuten Kriegsgebieten dürfte allerdings kaum praktikabel sein.

Die bislang erfolgreichste Hero Rat war Magawa. Sie hatte in ihrer 5-jährigen Tätigkeit über 100 Landminen und ähnliche Sprengstoffe aufgespürt, bevor sie „in Rente" ging.

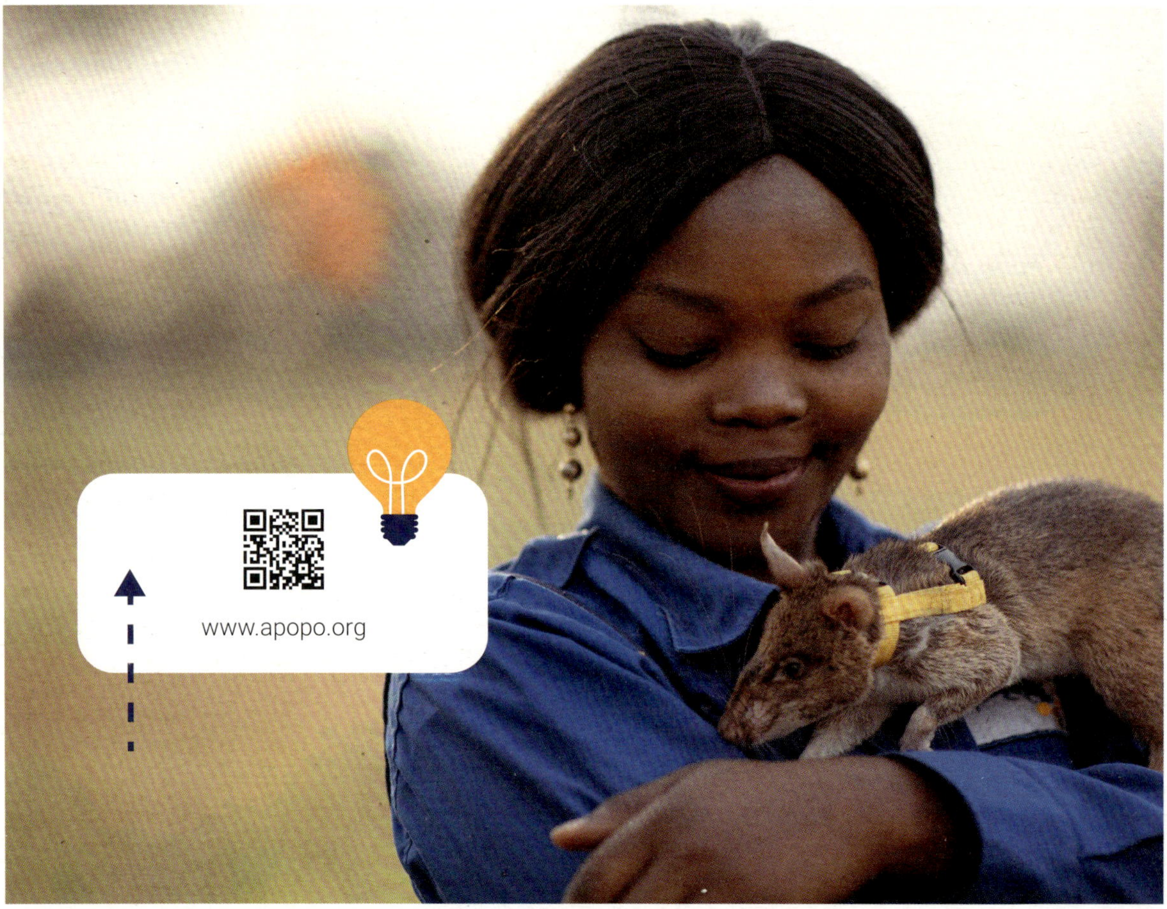

Bild: APOPO

Bild: Andy Buchanan

Marie-Alix de Putter: Heal by Hair – Friseursalons als Anlaufstelle für mentale Gesundheit im Togo

Soziale Innovationen zeichnen sich durch Überraschungsmomente aus. Dies gilt auch für das *Heal by Hair*-Programm der *Bluemind Stiftung* im westafrikanischen Togo. Durch einen Artikel in der Vogue zum Weltfrauentag 2024 erlangte es überregionale Aufmerksamkeit.

Marie-Alix de Putter gründete die Stiftung inspiriert von ihren persönlichen Erfahrungen mit mangelnder psychologischer Unterstützung nach einem traumatischen Erlebnis. Die Stiftung verfolgt zwei anspruchsvolle Ziele: die Entstigmatisierung mentaler Gesundheit und die Schaffung neuer Unterstützungsangebote. Diese Aufgaben sind besonders herausfordernd, da psychische Probleme in vielen Regionen oft nicht als medizinisches Krankheitsbild anerkannt werden. Zudem wird die mentale Gesundheitsversorgung in Ländern, die weniger Geld in ihre Gesundheitssysteme investieren können, häufig vernachlässigt. In Togo beispielsweise kommen auf 9 Millionen Einwohner nur etwa sechs praktizierende Psychiater:innen.

Das *Heal by Hair*-Programm ist auf den ersten Blick ungewöhnlich, aber äußerst effektiv: Friseursalons werden zu Anlaufstellen für mentale Gesundheit umfunktioniert. In einem intensiven dreitägigen Kurs werden Friseurinnen zu Botschafterinnen für psychische Gesundheit ausgebildet. Sie erlernen Fähigkeiten, um ihre Kundinnen emotional zu unterstützen und Anzeichen psychischer Probleme zu erkennen. Bei Bedarf können sie spontan Hilfe leisten oder in Notfällen ihre Kundinnen sogar ins Krankenhaus begleiten. Der besondere Vorteil dieses Ansatzes liegt darin, dass Friseursalons als Treffpunkte des Austauschs dienen, die von Frauen als sichere Räume wahrgenommen werden.

Bisher wurden in Togo, der Elfenbeinküste und Kamerun über 150 Friseurinnen geschult. Eine Ausweitung des Programms auf Ghana, Ruanda und Senegal ist in Planung. Dieser Ansatz könnte möglicherweise auch in Krisen- und Konfliktregionen Anwendung finden, wo das Gesundheitssystem weitgehend versagt – und dort einen Hoffnungsschimmer geben.

www.bluemindfoundation.org

Oliver Percovich: Skateistan – Skateboarding als Wegbereiter für die Schule, Geschlechtergerechtigkeit und Frieden

Die Idee zu Skateistan wurde eher zufällig geboren. Der Australier Oliver Percovich hatte seine Freundin, die für eine NGO in Kabul arbeitete, nach Afghanistan begleitet. Wie immer dachte er sich: „Ich nehme einmal ein paar Skateboards mit. So mache ich leichter Freunde.“ Statt auf Gleichaltrige zu stoßen, kam er mit vielen Kindern und Jugendlichen in Kontakt, die auf der Straße lebten. Viele konnten nicht in die Schule, weil ihnen Dokumente fehlten, die sie bei ihrer Flucht aus von den Taliban kontrollierten Provinzen nicht mitnehmen konnten. Aus diesem Kontext heraus hat Oliver eine Organisation entwickelt, die über Skateboarding mit Kindern und Jugendlichen in Kontakt kommt und ihnen neue Chancen eröffnet. Die Programme enthalten in der Regel drei Komponenten: Skateboard-Unterricht, Ein „Back-to-School“-Programm, in dem der nationale Lehrplan unterrichtet wird sowie die Vermittlung wertvoller Lebenskompetenzen, die über den Klassenraum hinausgehen.

Skateistan arbeitete lange Zeit vor allem in Afghanistan und entwickelte dann neue Hubs in Kambodscha und Südafrika. Über Partnerschaften wie GOODPUSH oder *Skateistan in a Box* gibt es inzwischen Programme in zahlreichen weiteren Ländern, darunter auch solche mit extrem herausfordernden Bedingungen wie etwa im Südsudan.

www.skateistan.org

www. thaki.org

www. conflictfood.com

Bild: Thaki

Rudayna Abdo: Thaki – „Second-hand“ Laptops verschaffen geflüchteten Kindern im Libanon Zugang zu Schulbildung

Auch die Organisation *Thaki* ermöglicht den Zugang zur Bildung unter schwierigen Voraussetzungen – durch Partnerschaften mit Unternehmen, die gebrauchte IT-Hardware spenden, und eine innovative Software.
Mit geschätzt 1,5 Millionen hat der Libanon im Vergleich zu seiner Bevölkerungszahl von 5,5 Millionen die größte Zahl an Geflüchteten aus Syrien aufgenommen. Hinzu kommen geschätzt 450.000 Menschen aus Palästina, die selbst – oder, häufiger, deren Eltern – aus Israel, Jordanien sowie den von Israel besetzten Gebieten vertrieben wurden und die als staatenlos gelten. Seit den Luftangriffen der israelischen Streitkräfte auf libanesischem Staatsgebiet ist ein Viertel der libanesischen Bevölkerung auf der Flucht. Aufgrund der Konfliktsituation haben viele Kinder und Jugendliche teilweise seit Jahrzehnten keinen Zugang zu Schulbildung.

Rudayna kennt die Situation aus erster Hand. Sie selbst ist in einer aus Palästina in den Libanon geflüchteten Familie groß geworden. 2015 setzte Rudayna ihre Karriere als Stadtplanerin aus, um *Thaki* zu gründen. Die preisgekrönte NGO hat einen klaren Plan: Sie sammelt gebrauchte Laptops von Unternehmen, meist aus Europa, und installiert eine Lern-Software auf Arabisch und Englisch, die alters- und situationsgerechte Bildungsinhalte vermittelt. Anders als andere EdTech Programme funktioniert *Thaki* auch ohne Internet-Zugang. Denn diese Voraussetzung ist nur selten gegeben.

Thaki konnte bereits mehr als 6.000 Laptops bereitstellen und damit mehr als 33.000 Kinder und Jugendliche erreichen. Die Pläne für die Zukunft sind ambitioniert. So soll das Angebot durch Programme für Smartphones erweitert werden. Sobald es dort möglich sein sollte, will *Thaki* das Programm auch auf den Gazastreifen ausdehnen.

Salem El-Mogaddedi und Gernot Würtenberger : Conflictfood – Friedensstiftender Konsum

Das Berliner Sozialunternehmen *Conflictfood* geht einen ganz anderen Weg, um positiven Wandel zu erzeugen. Die beiden Gründer handeln mit Menschen in Kriegsregionen und leisten so einen Beitrag zur Lösung sozialer und ökologischer Konflikte.
Conflictfood bezieht ausgewählte Lebensmittel und Gewürze aus Konfliktregionen, die vom regulären Handel abgeschnitten sind. Das Unternehmen setzt auf Direkthandel, das bedeutet, es arbeitet mit lokalen Produzent:innen zusammen, zu denen direkte, persönliche Kontakte aufgebaut werden. Das ermöglicht es, Gruppen zu unterstützen, die im eigenen Land unterdrückt werden wie etwa das Volk der Ta'ang in Myanmar, deren Tees *Conflictfood* vertreibt.
Die Idee kam den beiden Gründern aus Berlin 2015 während einer Reise nach Afghanistan. Dort kamen sie mit einer Gruppe von Frauen in Kontakt, die Safran anbauten – in einer Region, die vornehmlich vom Opiumanbau lebte. Dies motivierte die beiden dazu, einige Kilogramm Safran zu kaufen und in Deutschland weiterzuverkaufen: der Grundstein für *Conflictfood* war gelegt.

Die Produkte kommen stets mit einem Begleitheftchen, das den Kontext zu den Produkten, Ländern und Kulturen bietet. Denn *Conflictfood* möchte nicht nur die Menschen vor Ort durch die Zusammenarbeit unterstützen, sondern auch das Verständnis für die Regionen und das Leben der Menschen dort stärken.

Bild: ConflictFood

Die Spitze des Eisberges – Es gibt so viel mehr innovative Lösungen aus der Zivilgesellschaft, die zu Frieden beitragen

Die fünf Beispiele sind Blitzlichter aus der Social Entrepreneurship-Szene, die vor allem zeigen, wie vielfältig Lösungsansätze aussehen können. Es gibt aber ein Fülle weiterer Ansätze, die es sich zu teilen lohnt. Dies betrifft beispielsweise all die Initiativen, die Dialog und Zusammenarbeit zwischen Gruppen herstellen, die sonst nicht ins Gespräch kommen, auch in Deutschland. *Zeugen der Flucht e.V.* oder *BikeBridge* sind beispielsweise zwei Initiativen, die den Austausch zwischen Menschen mit und ohne Fluchterfahrung fördern. *Schüler helfen Leben* oder *Meet a Jew* sind Projekte, die sich dem Dialog zwischen Religionen oder Kulturen verschrieben haben.

Größte Hochachtung habe ich auch vor Initiativen wie *WITNESS*, die weltweit wirken und deren Ansatz einen enormen Hebel erzeugt. Die US-amerikanische Non-Profit entwickelt digitale Tools und Anleitungen, wie Aktivist:innen weltweit Menschenrechtsverletzungen per Smartphone so dokumentieren können, dass sie gerichtlich verwertet werden können – und dies möglichst so, dass die Aktivist:innen sich nicht unbedacht in Gefahr bringen. Ein Fokus ist aktuell die Unterstützung von Gruppen von Aktivist:innen, die Luftangriffe der israelischen Armee in dicht besiedelten Gebieten mit der Kamera festhalten. Ein weiterer Fokus von *WITNESS* ist die Entwicklung von Programmen, die das Aufdecken von Deep Fakes – also durch Künstliche Intelligenz erzeugte Fälschungen – erleichtern. Denn nur, wenn wir wissen, was echt und was falsch ist, können wir uns eine klare Meinung bilden und die Welt positiv verändern.

Die Zahl der Initiativen, auf die ich bei meiner Recherche gestoßen bin, ihre Vielfalt und Innovativität hat mich vielleicht nicht überrascht, aber beeindruckt. Einmal mehr hat es mir gezeigt: Die Menschen, die mich schon immer begeistert haben, die sich für den Wandel zum Positiven, für nachhaltige Lösungen und ein friedliches Zusammenleben einsetzen, gibt es weiterhin – und wird es immer geben.

Bild: Andy Buchanan

Bild: Aaron Gekoski

Sozialunternehmer:innen voran!

Unser Gastautor hat zwei Jahrzehnte lang Sozialunternehmer:innen und wirkungsorientierte Investor:innen beraten, wie sie am besten zusammenarbeiten können. Nebenbei hat er mehrere Sozialunternehmen sowie das deutsche Chapter der Certified B Corps gegründet. Dem ethischen Unternehmensnetzwerk gehören Firmen an, die sich zu gesellschaftlichem Mehrwert und ökologischer Nachhaltigkeit bekennen und dies in Unternehmensführung, Mitarbeiterrechten, sowie Auswirkungen auf Umwelt, Gesellschaft und Kund:innen berücksichtigen.

Zentral für seine jetzigen Projekte war Andreas Renners Zusammenarbeit mit der ursprünglich von der Schwab Foundation for Social Entrepreneurship ins Leben gerufene Initiative *GEXSI* - Global Exchange for Social Investment. Nach ihrem Modell baut er nun gemeinsam mit seinem Partner Kevin Fuchs mit dem *GOOD Club* einen Unterstützerkreis für innovative soziale Projekte auf, der sich insbesondere an Unternehmen richtet (www.good-club.org). Über 60 Projekte konnten so bereits gefördert werden. Das Grundkapital haben die über zehntausend Nutzer:innen der alternativen Suchmaschine *GOOD* beigesteuert, die Andreas und Kevin als ein Purpose-Unternehmen ohne Gewinnabsicht gegründet haben.

Alle von *GOOD Search* unterstützen Lösungen findet ihr hier: https://good-search.org/about/portfolio/

Kontakt: andreas@good-search.org

Weil Journalismus auch Frieden kann

Schluss mit „wir gegen sie“

Einseitige Berichterstattung und polemische Rhetorik: Gerade in den letzten Jahren wird Medien zunehmend – und zum Teil zu Recht – vorgeworfen, angespannte Situationen zusätzlich anzuheizen und damit Gräben in der Gesellschaft zu vertiefen. Doch ausgewogener Journalismus kann helfen, die andere Seite von Konflikten zu sehen: Die, die nach Lösungen und Gemeinsamkeiten sucht. Ein Gespräch mit einem Friedensjournalisten.

Luisa Vogt

Wenn Journalist:innen kein Blatt vor den Mund nehmen (müssen), ist das grundsätzlich etwas Gutes – Meinungsfreiheit nämlich. Und doch: Die aktuelle Berichterstattung, vom US-Wahlkampf über den Krieg in Israel und Palästina, von Migration und Flucht bis hin zur Klimakrise, scheint zunehmend polarisierend. Das ist allerdings kein neues Phänomen. Denken wir nur an 2015, als Deutschland seine Grenzen für Menschen öffnete, die vor Gewalt und Krieg flohen. Allein der damals von Medien viel genutzte Begriff „Flüchtlingswelle“ schafft Polarisierung – indem er die geflüchteten Menschen einer Naturkatastrophe gleichsetzt und damit Angst erzeugt. Oder noch weiter zurück, bis vor den zweiten Weltkrieg. Damals wie heute wurden Medien immer wieder für Propagandazwecke missbraucht, um Angst, Hass und Gewalt zu schüren.

Genau deshalb kann Berichterstattung eben doch problematisch sein. Denn Medien gestalten den öffentlichen Diskurs entscheidend mit. Anders gesagt: Auf welche Weise Medien berichten, beeinflusst unsere Wahrnehmung. Wenn nur von verschiedenen „Lagern“ gesprochen wird, wenn sich alles um Auseinandersetzung und Schuldzuweisungen dreht, dann kann das eine Spaltung der Gesellschaft vorantreiben. Dafür brauchen wir gar nicht in die USA schauen, dafür reicht schon ein Blick auf die Ampel.

Natürlich ist es die Aufgabe der Medien, auch über Krieg und Konflikte zu berichten. Die große Frage ist, wie sie das tun. Oftmals greifen Medien Konflikte nicht nur auf, sondern befeuern sie – ob bewusst, durch sensationsheischenden Schlagzeilenjournalismus, oder unbewusst, durch einseitige Berichterstattung oder Wortwahl.

Doch es geht auch anders. Überall auf der Welt setzen sich Journalist:innen für Frieden und Zusammenarbeit ein, in ihrer Sprache und ihrem Handeln. Einer dieser Journalisten ist Nischal Sanghavi. Er ist einer der Verantwortlichen der Plattform *Journalists for Change*, die sich für den Austausch zwischen indischen und pakistanischen Journalist:innen einsetzt und Projekte zur gemeinsamen Berichterstattung fördert. Er erklärt

Bild: Luis Cortes - unsplash.com

im Gespräch, was sein Einsatz bei *Journalists for Change* für ihn bedeutet, und warum „Peace Journalism“ – oder auf deutsch: Friedensjournalismus – in der heutigen Gesellschaft nicht nur an Bedeutung gewinnt, sondern auch an Zuspruch.

Was ist Friedensjournalismus? Eine kurze Einordnung

Der Norweger Johan Galtung gilt als „Vater der Friedensforschung“; 1959 gründete er das erste *Institut für Internationale Friedensforschung* in Oslo. In seiner Forschung definiert Galtung Frieden nicht nur, wie das herkömmliche Verständnis, als „die Abwesenheit von Konflikt oder Gewalt“, sondern unterscheidet zwischen negativem Frieden – eben jener Abwesenheit von Konflikt – und positivem Frieden: Voraussetzungen, unter denen Gerechtigkeit, Gleichheit, Harmonie etc. florieren können.

Für Friedensjournalist:innen sei diese Idee des positiven Friedens besonders relevant, argumentiert Steve Youngblood, Gründer des *Zentrums für Globalen Friedensjournalismus*. Die Plattform veröffentlicht unter anderem vierteljährlich das *The Peace Journalist Magazine*, in dem Journalist:innen aus aller Welt Berichterstattung aus Konfliktregionen leisten – und so unter Beweis stellen, dass dies auch möglich ist, ohne Gewalt und Ausweglosigkeit ins Zentrum zu stellen. Stattdessen betonen sie Initiativen der Annäherung und eine gewaltfreie Suche nach Lösungen. Denn das sei es, was Friedensjournalist:innen tun müssten, so Youngblood: Zum einen Personen und Initiativen in den Vordergrund rücken, die versuchen, die Voraussetzungen für positiven Frieden zu schaffen. Und zum anderen einen konstruktiven öffentlichen Diskurs über Themen der Gerechtigkeit und Gleichheit anstoßen. Galtung selbst antwortete auf die Frage, wie er Friedensjournalismus definieren würde, mit zwei Gegenfragen – den Leitfragen, die sich Journalist:innen für eine Berichterstattung des Friedens stellen sollten: Worum geht es in dem Konflikt? Und: Was könnten die Lösungen sein?

Um eine Plattform für die Umsetzung dieser Herangehensweise zu schaffen, gründete er 2008 gemeinsam mit dem langjährigen Journalisten Antonio Carlos da Silva Rosa die Website *TRANSCEND Media Service*, wo bis heute mehr als 18.000 Artikel veröffentlicht wurden, die lösungsorientierte Berichterstattung aus und zu Konfliktregionen leisten – ein Zeichen dafür, dass Friedensjournalismus seit der Prägung des Begriffs in den 1990er Jahren zunehmend an Bedeutung gewonnen hat.

Friedensjournalismus

1. ... ist proaktiv, untersucht die Gründe eines Konflikts, sucht nach Wegen, Dialog zu fördern, noch bevor Gewalt ausbricht und erkundet Lösungen.
2. ... erkennt Gemeinsamkeiten zwischen Parteien an und lehnt vereinfachte Darstellungen von „wir gegen sie“ und „die Guten vs. die Bösen“ ab.
3. ... lehnt Propaganda ab und sucht stattdessen nach Fakten von allen Seiten und Quellen.
4. ... ist ausbalanciert und leistet Berichterstattung über Themen/Leid/Friedensinitiativen von allen Seiten eines Konflikts.
... gibt den Stimmlosen eine Stimme, anstatt nur über und für Eliten und Machthabende zu berichten.

Für Friedensjournalist:innen gilt darum, sie...

6. ... bieten Tiefe und Kontext, anstelle oberflächlicher oder sensationsheischender „Schlag für Schlag“ - Berichte von Gewalt und Konflikt.
7. ... bedenken die Konsequenzen ihrer Berichterstattung.
8. ... wählen und analysieren die Worte, die sie nutzen, sorgfältig und verstehen, dass achtlos gewählte Worte oft Konflikte befeuern.
9. ... wählen die Bilder, die sie verwenden, mit Bedacht aus, da sie wissen, dass sie ein Ereignis falsch darstellen, eine bereits schlimme Situation verschlimmern und die Leidtragenden erneut in eine Opferrolle drängen können.
10. ... bieten Gegen-Narrative für die von Medien geschaffenen oder immer aufs Neue wiederholten Stereotypen, Mythen und decken falsche Wahrnehmungen auf und/oder entkräften sie.

„Eine genaue und ausgewogene Berichterstattung kann Frieden fördern, anstatt Konflikte zu befeuern“.

Journalists for Change entstand aus einer Initiativedes *East-West Center*, die 2015 begann, Projekte und Workshops zur grenzübergreifenden Verständigung zwischen indischen und pakistanischen Journalist:innen durchzuführen, Denn: „Es gibt keine Pakistani Journalist:innen, die in Indien arbeiten und keine indischen Journalist:innen in Pakistan. Das macht es schwierig, Stimmen und Perspektiven von der anderen

Seite der Grenze in die Berichterstattung einfließen zu lassen." Heute leiten indische und pakistanische Medienschaffende *Journalists for Change* als eine Plattform, die den Austausch zwischen ihren Kolleg:innen vorantreibt und gemeinsame Projekte ermöglicht. Nischal Sanghavi ist einer von ihnen und erklärt mir im Interview, wie seine Erfahrungen mit *Journalists for Change* ihn beeinflusst haben und wo er die Rolle des Fridensjournalismus heute sieht.

GNM: Du arbeitest selbst schon viele Jahre als Journalist. Wie bist du zum Friedensjournalismus gekommen?

Nischal Sanghavi: Ich fühle mich seit vielen Jahren zum Friedensjournalismus hingezogen, insbesondere wegen der Art, wie traditionelle Rivalitäten zwischen Nationen häufig den öffentlichen Diskurs prägen. In all diesen Ländern gibt es eine sehr ähnliche Situation, wo die Medien und Politiker:innen angrenzende Nationen kritisieren und wie „die Bösen" darstellen. Ich persönlich habe immer geglaubt, dass die Menschen auf der anderen Seite der Grenze genau so sind wie wir – nette, empathische Menschen. Diese Überzeugung hat mich dazu motiviert, mehr über sie zu lernen und zu versuchen, ihre Geschichten zu teilen. Aber lange Zeit waren meine Bemühungen größtenteils erfolglos, vor allem wegen des begrenzten Austauschs zwischen den Nationen und der geringen Zahl unvoreingenommener Quellen und Nachrichten/Medien.

GNM: Oft werden die Medien als etwas wahrgenommen, was die Gesellschaft spaltet oder vorhandene Gräben vertieft. Wie kann Journalismus Frieden schaffen, anstatt Konflikte zu verschärfen?

Sanghavi: Die Medien spielen eine entscheidende Rolle in der Gesellschaft, indem sie Narrative gestalten und die öffentliche Wahrnehmung beeinflussen. Es ist oft einfacher und erzeugt mehr Aufmerksamkeit für Medien, einen Konflikt zu befeuern, weil das mehr Zuschauer:innen oder Leser:innen anzieht. Allerdings ist es die grundlegende Verantwortung jedes Journalisten und jeder Journalistin, nach der Wahrheit zu suchen und diese wahrheitsgetreu zu erzählen. Viele Journalist:innen erhalten ihre Informationen von größeren Medienplattformen. Aber sich die Zeit zu nehmen, unabhängige Informationen zu sammeln und diese möglichst unvoreingenommen zu analysieren, kann eine viel genauere und ausgewogenere Berichterstattung liefern. So etwas kann nicht nur dazu beitragen, der Öffentlichkeit ein klareres Bild zu präsentieren, sondern auch Frieden fördern, anstelle von Konflikten. Es ist grundlegend für alle Medien, zwischen belegten Fakten und unbestätigter Spekulation zu unterscheiden und sicherzustellen, dass ihre Berichterstattung auf der Wahrheit basiert. Genauso wichtig ist es, dass die Berichterstattung ausgewogen ist, mit Beiträgen von beiden Seiten.

Bild: Nischal Sanghavi

Nischal Sanghavi erhält eine Annerkennung für die Durchführung des Workshops

GNM: Bei *Journalists for Change* bringt ihr Journalist:innen aus Indien und Pakistan zusammen. Wie nimmst du den Einfluss der Initiative wahr?

Sanghavi: *Journalists for Change* ist eine unglaubliche Initiative, die eine einzigartige Möglichkeit schafft, Menschen über Grenzen hinweg zu verbinden und an einer Vielzahl von Projekten gemeinsam zu arbeiten – dabei erhalten wir in verschiedenen Phasen Unterstützung vom *East-West Center*. Diese Zusammenarbeit hilft Journalist:innen, zwischen echten Herausforderungen und Problemen, die nur als solche wahrgenommen werden, zu unterscheiden und so ein tieferes Verständnis für die Situation auf der anderen Seite der Grenze zu erlangen. Für mich war es eine einmalige Erfahrung. Durch die Initiative habe ich Freundschaften mit Menschen über alle Grenzen hinweg geschlossen, die bis heute bestehen, und herausgefunden, dass die Menschen auf beiden Seiten sehr ähnlichen Herausforderungen gegenüberstehen. Wenn wir diese Herausforderungen gemeinsam angehen, könnte das die Situation für alle Beteiligten so viel besser machen.

GNM: Du warst einer von 60 Journalist:innen aus Indien und Pakistan, die im September 2022 in Kathmandu an einem Workshop für grenzübergreifende Berichterstattung teilgenommen haben. Wie hast du diesen Workshop persönlich erlebt und was hat dich am meisten beeindruckt?

Sanghavi: Es war für mich einer der entscheidenden

Momente meiner journalistischen Laufbahn, für die Teilnahme an diesem Workshop ausgewählt zu werden und ihn erfolgreich abschließen zu dürfen. Es hat meine Wahrnehmung grundlegend verändert – nicht nur, wie ich Nachbarländer und die Menschen, die dort leben, wahrnehme, sondern auch Journalismus allgemein. Während dieses einwöchigen Workshops konnte ich mit Journalist:innen sowohl aus meinem eigenen als auch aus unserem Nachbarland zusammenarbeiten. Indem wir gemeinsam verschiedene Projekte entwickelt haben, konnten wir uns viel besser kennen und verstehen lernen und Ideen und Lösungsmöglichkeiten diskutieren für die Probleme, die uns alle betreffen. anderer Länder zu berichten und Erzählungen zu teilen, die meine Leser:innen auf sinnhafte Art informieren und einbeziehen/ansprechen können. Dieser Ansatz eröffnet Raum für konstruktive Diskussionen darüber, wie Zusammenarbeit dabei helfen kann, gemeinsame Herausforderungen effektiver zu lösen.Diese Prinzipien und die anderen Einblicke, die ich durch den Austausch über die Grenzen hinweg gewonnen habe, haben meine Identität als Journalist neu definiert. Ich habe eine neue Leser:innenschaft gewonnen, die meine Arbeit wertschätzt, und meine Beiträge haben geholfen, die Wahrnehmung vieler Menschen positiv zu beeinflussen.

Bild: Journalists for Change

GNM: Wie hat sich deine Art zu arbeiten und zu schreiben durch dein wachsendes Wissen über Friedensjournalismus verändert?

Sanghavi: Seit dem Workshop hat sich meine Herangehensweise, wie ich Nachrichten heraussuche und darüber berichte, deutlich geändert. Eine große Veränderung war insbesondere, dass ich jetzt bewusst eine Sprache wähle, die gegenseitiges Verständnis fördert, anstelle von Feindlichkeit. Wenn etwas Negatives passiert, ist es wichtig, diese Taten als die Handlung eines speziellen Individuums einzuordnen, anstatt die Schuld einer gesamten Gemeinschaft oder Nation zu geben. In jeder Gemeinschaft und in jedem Land gibt es Menschen, die Gutes und Schlechtes tun, und es ist wichtig, dass wir das bei unseren Berichten im Kopf behalten. Außerdem habe ich gelernt, welchen Wert es hat, über positive Eigenschaften

GNM: Du hast über die letzten Jahre an verschiedenen Projekten gearbeitet, in denen du diese Lehren direkt umsetzt. Welche davon sind für dich besonders, und warum?

Sanghavi: In einem meiner Berichte, „*Record Low Snowfall Sounds Alarm for Water Security in the Indo-Pak Region*", berichte ich aus Indien, Pakistan und Nepal. Alle drei Länder standen aufgrund historisch geringen Schneefalls vor derselben, geteilten Schwierigkeit, die Versorgung mit ausreichend Wasser sicherzustellen. Ich habe eng mit einem Kollegen von der anderen Seite der Grenze zusammengearbeitet, um mehrere verschiedene Perspektiven in den Artikel einzubringen. Wir haben ihn sowohl als Printartikel als auch als Multimedia-Format vorgestellt und damit eine große Reichweite auf verschiedenen Plattformen erreicht. Es waren drei Wochen harter Arbeit für meinen Kollegen

und mich, um sicherzustellen, dass wir den ganzen Kontext erfassen und die Wichtigkeit des Problems angemessen darstellen – und es hat sich gelohnt.

GNM: Angesichts der aktuellen Medienlandschaft um die ganze Welt: Welchen Stand hat Friedensjournalismus und was gibt dir Hoffnung für die Zukunft?
Sanghavi: In der Medienlandschaft findet derzeit ein großer Wandel statt. Heute umfassen Nachrichtenquellen nicht nur etablierte Medienhäuser, sondern auch kleine, unabhängige Plattformen, Social Media und „Citizen Journalists" (dt. „Bürgerjournalist:innen", also Menschen ohne journalistischen Hintergrund, die Nachrichten aufbereiten und dazu Stellung nehmen, Anm. d. Red.). Das bedeutet, dass es einen konstanten Strom an Nachrichten gibt, jede Minute – nur leider stellen wenige dabei Friedensjournalismus in den Vordergrund. Friedensjournalismus ist nicht nur ein Weg, um sich abzuheben, sondern auch, um einen positiven Beitrag zu dieser Welt zu leisten.

Organisationen wie das *East-West Center* in Hawaii machen signifikante Fortschritte darin, Friedensjournalismus zu fördern. Ich habe größten Respekt für ihre Arbeit und hoffe, dass viele Organisationen diesem Vorbild folgen werden. Meiner Meinung nach ist es sehr wahrscheinlich, dass das Interesse an Friedensjournalismus wächst, gerade unter den einflussreichen Leser:innen, aber auch allgemein. Das wiederum kann immer mehr Journalist:innen und mediale Plattformen dazu ermutigen, diesen Ansatz zu verfolgen.

GNM: Vielen Dank für das Interview!

Nischal Sanghavis Hoffnung auf mehr und mehr Friedensjournalismus wird nicht nur durch *Journalists for Change* bereits Realität. Überall auf der Welt finden sich Initiativen oder Einzelpersonen, die Friedensjournalismus unterstützen und betreiben:
Medios para la Paz in Kolumbien war eine der ersten Initiativen weltweit, die sich für einen Journalismus der Verständigung und Friedensbildung einsetzten. 1998 von 80 Journalist:innen gegründet, um Alternativen innerhalb eines von Konflikt zerrissen scheinenden Landes aufzuzeigen, gibt es heute in Kolumbien noch mehrere weitere Projekte, die sich dem „Periodismo de Paz" verschrieben haben, darunter *Colombia2020* der Zeitschrift *El Espectador*, das Projekt *¡Pacifista! (2017)* von Vice Colombia oder das Magazin Semana.
Seit 1997 bringt das *Greek Turkish Forum* Geschäftsleute, Akademiker:innen und Journalist:innen zusammen, um die Beziehungen zwischen den beiden Ländern zu verbessern. Seitdem fanden mehrere Workshops zwischen türkischen und griechischen Journalist:innen statt; erst kürzlich veröffentlichten Özay Şendir, Chefredakteur der türkischen Zeitung *Milliyet* und Alexis Papachelas, Chefredakteur der griechischen *Kathimerini*, einen gemeinsamen Bericht über aktuellen Entwicklungen und Lösungen in der politischen Zusammenarbeit. An vielen Orten haben Journalist:innen, die friedliche, kooperative Lösungen für Konflikte fordern, einen harten Stand, weil ihre Art der Berichterstattung sich offen gegen die konfliktorientierte Rhetorik des Regimes richtet. Dennoch setzen sich Journalist:innen weiter durch ihre Berichte für den Frieden ein. So beispielsweise Charles Onyango-Obbo und Daniel Kalinaki, die beide über viele Jahre für die unabhängige ugandische Zeitung *The Monitor* arbeiteten. In ihren Berichten forderten sie beispielsweise gewaltfreie Lösungen für die steigenden Spannungen mit dem Nachbarland Südsudan oder präsentierten Lösungsvorschläge für interne Konflikte.

Steven Youngblood und sein Zentrum für Globalen Friedensjournalismus sind eine Institution unter Friedensjournalist:innen. Heute sind die Organisation und das Magazin *The Peace Journalist* Teil der 2017 gegründeten NGO *Making Peace Visible*, die weltweit durch die Förderung der Zusammenarbeit von Journalist:innen und Projekte der Aufklärung genau das tun will, was ihr Name besagt: Frieden in den Medien sichtbarer zu machen.

Eine weitere Organisation, die sich dem Friedensjournalismus verschrieben hat, ist das *Peace News Network*. Die 2015 gegründete NGO will „die Geschichten aus Konfliktzonen erzählen, die wir oft nicht hören." Dazu zählen die Geschichten von Menschen, die Risiken eingehen, um Frieden zu schaffen oder „die Meinungen der ganz normalen Bevölkerung, die sich gewaltfreie Lösungen für ihre politischen Differenzen wünschen"

Bild: Thomas Charters - unsplash.com

Richtig auf die Pfanne hauen

Wie Küchenutensilien ein Mittel des gewaltfreien Widerstands wurden

Vom Küchenutensil zum Protestsymbol: Ob in Venezuela, Myanmar, Island oder im Senegal – Töpfe und Pfannen sind weltweit zum Mittel des friedlichen Protests geworden. Vom Siegeszug einer innovativen Widerstandspraxis.

Luisa Vogt

Havanna, Kuba. Caracas, Venezuela. Lagos, Nigeria. An all diesen Orten fanden in den letzten vier Monaten Proteste statt. Die Ausgangslagen und Ziele der Demonstrierenden waren dabei komplett verschieden: In Havanna demonstrierten die Bewohnenden nach einem tagelangen Stromausfall gegen die fehlende Unterstützung und Vorbereitung durch die Regierung. In Caracas gingen Tausende Menschen auf die Straßen, um nach einer, unter anderem von der UN als intransparent kritisierten, Wahl gegen einen zweiten Turnus des vorigen Amtsinhabers Maduro zu demonstrieren. In Nigeria protestierten vor allem junge Menschen in der „End Bad Governance in Nigeria"-Revolte im August gegen eine Regierung, die es nicht geschafft hat, gegen eine zunehmende Krise der Nahrungsversorgung anzugehen.

Was all diese Proteste jedoch gemeinsam haben – und die Liste könnte übrigens noch deutlich länger werden – ist nicht nur ihre vorwiegend gewaltfreie Organisation, sondern noch ein weiteres Merkmal. Denn bei allen Bewegungen nutzten die Protestierenden ein besonderes Mittel, um sich Gehör zu verschaffen: Töpfe und Pfannen.

„Pots-and-Pans-Proteste", „Cacerolazos" oder „Casseroles", (je nachdem, in welchem Teil der Welt wir uns befinden) sind in den letzten Jahrzehnten zu einer weltweiten Taktik des Widerstands geworden. Dabei haben sie, heute wie damals, noch weit mehr Bedeutung, als gehörig Lärm zu machen – auch wenn das mit Sicherheit hilfreich beim Protest ist. Die Geschichte der Töpfe und Pfannen ist reich und vielfältig, und sie lehrt uns ein oder zwei Dinge über gewaltfreien Widerstand. Was hinter Töpfe und Pfannen als Mittel gewaltfreien Protests steckt und warum es wahrscheinlich ist, dass sie niemals schweigen werden.

Woher kommen die *Pot and Pan* - Proteste?

Manche Historiker:innen verorten die Anfänge der Topfschlagen-Proteste im mittelalterlichen Frankreich. Dort gab es nämlich sogenannte Charivaris, bei denen in Karneval-ähnlicher Manier Menschen bloßgestellt wurden, die sich moralisch außerhalb der Norm verhalten hatten. Bei diesen *Charivaris* wurde so viel Lärm wie möglich gemacht – unter anderem mit Küchenutensilien. Während der französischen Republik wurden in Anlehnung an die mittelalterliche

Illustration: Daniel Caicedo - Flickr.com

Bild: Celso Pupo - depositphotos.com

Bild: Pepe Pont- Flickr

Tradition mehrere *Charivaris* an verschiedenen Orten in Paris abgehalten, um die neue französische Regierung vorzuführen.
Nach dem Ende der neuen Monarchie 1848 wurden die Töpfe und Pfannen in Frankreich zunächst niedergelegt und erst 1961 wieder aufgegriffen, allerdings in einem deutlich weniger freiheitsliebenden Kontext. Seit 1954 kämpften die Menschen in Algerien für ihre Unabhängigkeit von der französischen Kolonialmacht. In der sogenannten „Nacht der Pfannen“ demonstrierten tausende Franzosen und Französinnen in Paris dagegen, dass Algerien eben diese Unabhängigkeit erlangt. Das Ereignis dient als Warnung, dass jede Taktik zivilen Widerstands von allen Seiten aufgegriffen werden kann – auch von der Seite der Unterdrücker.

Als die Töpfe und Pfannen 2023 auf Frankreichs Straßen zurückkehrten, waren sie allerdings wieder in anderen Händen. In ganz Frankreich wurden sie genutzt, um gegen die von Präsident Emmanuel Macron angekündigten Rentenreformen zu demonstrieren. Angesichts des lautstarken Widerstands ging Macron zwischendurch dazu über, Besuche in französischen Städten nur noch überraschend abzuhalten, um der Kakophonie der Töpfe und Pfannen zu entgehen – meist erfolglos. Die Fraktionschefin der Linkspartei, Mathilde Panot, drohte Macron: „Ja, Sie werden unsere Pfannen bis zum Rückzug (der Reform) am Hintern haben!“ Dagegen half es auch nicht, dass die französische Polizei die Anweisung hatte, die „tragbaren Klanggeräte“ vorsorglich von einigen Protesten entfernen zu lassen. Die Reform wurde zwar trotz der ohrenbetäubenden Proteste nicht zurückgezogen, die Reaktion der Regierung zeigt jedoch, wie sehr diese zumeist mit friedlichen Demonstrationen verbundene Form des Protests inzwischen als Mittel des zivilen Widerstands anerkannt ist.

Cacerolazos: Von Chile in die Welt

Aber zurück zur Verbreitung der Topf- und Pfannenproteste um die ganze Welt. Ob sie nun wirklich auf die mittelalterlichen *Charivaris* zurückzuführen ist, ist nach wie vor unklar – aber vielleicht gar nicht so wichtig. Denn auch wenn man sich nicht ganz einig ist, wo und wann der Topf als Protestsymbol entdeckt wurde, besteht doch Konsens, dass die Art des Widerstands durch das Schlagen auf Töpfe und Pfannen, die wir heute kennen, zum ersten Mal 1971 in Chile eingesetzt wurde.
Beim sogenannten „Marsch der leeren Töpfe“ protestierten hunderte Frauen gegen die sozialistische Regierung unter Salvador Allende. Die steigende Inflation und die Abwendung westlicher Wirtschaftsmächte, die ihre Märkte für chilenische Waren schlossen, hatten für zunehmende Nahrungsknappheit gesorgt; die Sabotage der Reformpolitik Allendes durch die USA – schon seit 1964 hatte die CIA in der Geheimoperation *Project Fubelt* Millionensummen in die Destabilisierung der Regierung investiert – verschlimmerte die Situation noch. Die Töpfe und Pfannen, die die Frauen mit auf die Straße nahmen, standen dabei symbolisch dafür, dass die Töpfe im wahrsten Sinne des Wortes leer blieben. Seitdem fanden „Cacerolazos“, wie sie im spanischsprachigen Raum heißen (in Anlehnung an Cazuela, das spanische Wort für „Topf“) zunächst in Chile und später in ganz Südamerika Verbreitung als Mittel des Widerstands.

Chile: Die Wiege der Cacerolazos – und einer erfolgreichen Revolution

1973, zwei Jahre nach dem „Marsch der leeren Töpfe“, wurde Salvador Allende durch einen Militärputsch abgesetzt. Die neue Führung unter Augusto Pinochet ging zunehmend gewaltvoll gegen Regimekritiker:innen vor. Als die Regierung vor einem geplanten

Protest im Mai 1983 eine Ausgangssperre verhängte und mit dem Einsatz bewaffneter Truppen gegen Demonstrierende drohte, fanden diese einen anderen Weg. Aus dem sicheren Schutz ihres Zuhauses – und unter Einhaltung der Ausgangssperre – schlugen Chilen:innen in verschiedenen Städten aus den Fenstern hinaus auf Töpfe und Pfannen, um das Regime anzuprangern. Das Topfschlagen als Protest war zurückgekehrt – es sollte nur die erste vieler Cacerolazos gegen das Pinochet-Regime sein.
Natürlich waren Cacerolazos nicht das einzige oder vielleicht gar ausschlaggebende Mittel, das letztendlich das Ende von Pinochets Herrschaft herbeiführte. Bereits vorher hatten Chilenische Frauen gegen das gewaltvolle Regime demonstriert, indem sie den vom Regime ernannten „Nationalsong" *la cueca* in der Öffentlichkeit tanzten, und dabei Bilder von geliebten Familienmitgliedern hoch hielten, die unter Pinochets Regime verschwunden waren. Sie organisierten Parallelinstitutionen wie Gemeinschaftsküchen und hielten Workshops, in denen traditionelle arpiellas genäht wurden, um den Toten und Vermissten zu gedenken. Die katholische Kirche in Santiago unterstützte die Frauen in ihrem Widerstand. Auch die Arbeiter:innen, insbesondere die Bergarbeiter:innen, organisierten sich in Widerstand zum Regime.

Als Pinochet 1988 ein Referendum ausrief, um sich seinen erneuten Antritt bei den Präsidentschaftswahlen legitimieren zu lassen, mündete der langjährige Widerstand im Untergrund in einer breiten Kampagne für ein NEIN zu Pinochets Anspruch. Mit Erfolg: Pinochet verlor das Referendum und die Unterstützung des Militärs, das sich auf die Seite der Bevölkerung stellte. 1989 stimmten die Chileninnen und Chilenen in einer freien Wahl für eine neue Verfassung und einen neue Präsidenten. Pinochets Herrschaft war beendet.

In den späten 1980ern und frühen 1990ern gingen Menschen in Venezuela unter Topfschlagen und Hupen auf die Straße, um gegen die ökonomischen Reformen von Präsident Pérez zu demonstrieren. In Argentinien kam es 2001 zu einer der größten Cacerolazos überhaupt, als viele Menschen in einer Wirtschaftskrise ihr Erspartes verloren; in den Protesten gegen die Regierung unter Cristina Kirchner und die ihr vorgeworfenen Menschenrechts-Einschränkungen 2012 fanden landesweite Cacerolazos statt. Auch in Mexiko, Ecuador, Bolivien und Kolumbien gewannen Cacerolazos an Popularität. In Brasilien heißen sie in Anlehnung an das portugiesische Wort für Topf „Panelacos" – und wurden unter anderem als Protestmittel gegen die Covid-19-Politik der konservativen Regierung unter Jair Bolsonaro genutzt. 2019 veranstalteten verschiedene Organisationen in Mexiko, Brasilien, Kolumbien, Peru, Bolivien, Chile, Paraguay und Venezuela sogar einen Kontinental-Cacerolazo, um gegen die allgemeinen sozialen Probleme im Raum zu demonstrieren. Vor allem aber war die Süd- und Mittelamerika umfassende Aktion ein Zeichen der Solidarität.

Doch auch über Süd- und Mittelamerika hinaus sind Proteste mit dem Einsatz von Töpfen und Pfannen als *Pots and Pans* - Proteste oder *Casserolades* längst angekommen. Was die Frage aufwirft: Was macht dieses Mittel des Protests so universell?

Illustration: Yangon Design - Globalvoices.org

Warum gerade Töpfe und Pfannen?

Während die chilenischen Frauen 1971 mit den leeren Töpfen und Pfannen die Lebensmittelknappheit verdeutlichten, die zu ihrer Unzufriedenheit mit der Regierung führte, ist (drohender) Hunger heute in den meisten Protesten, bei denen die Küchenutensilien zum Einsatz kommen, kein direkter Auslöser. Warum also bleiben Töpfe und Pfannen ein Protestsymbol, das in so vielen Teilen der Welt eingesetzt wird?
Der offensichtlichste Grund ist sicherlich der: Sie machen einen höllischen Lärm. Dadurch ist nicht nur das Klappern von Kochlöffeln auf Metall (oder Teflon) kaum zu überhören, sondern auch die Unzufriedenheit der Demonstrierenden. Eine Unzufriedenheit, die keine Worte braucht – und keine Übersetzung. Sogar in den lauten Städten von heute übertönen die Töpfe und Pfannen den alltäglichen Straßen- und Verkehrslärm und verschaffen den Stimmen des Protests Gehör.

Ein weiterer Grund ist die hohe Zugänglichkeit von Töpfen und Pfannen – wer von uns nutzt sie nicht fast täglich? Damit sind sie gleichzeitig ein Symbol des Alltags, ein Blick in die Küchen und das Leben der Bevölkerung. Das macht es leichter, sich mit den Protestierenden zu identifizieren und ihre Nöte wahr- und ernst zu nehmen. Ganz zu schweigen davon, dass es schwieriger ist, den Einsatz von harten Gegenmaßnahmen wie Gewalt, Pfefferspray oder Tränengas zu rechtfertigen, wenn alles, was die Demonstrierenden tun, wortwörtlich „Topfschlagen" ist.

„Töpfe und Pfannen sind mit die am wenigsten offensiven Objekte in unseren Küchen. Aber genau diese Gewöhnlichkeit und der geringe Aufwand, mit dem sie von allen von uns genutzt werden können, um eine ohrenbetäubende Mauer des Lärms zu erzeugen, machen sie zu einer extrem medienfreundlichen, unbequemen Erinnerung an das kollektive Gewissen und zu einer Herausforderung für die Stimme des Staats", fasst es der Historiker Matthew Kerry zusammen.

Die Macht des Lärms

Es gibt jedoch noch weitaus erstere Gründe für die Popularität der Pots-and-pans Proteste: sie sind eine effektive Methode, um trotz aller Unterdrückung die Stimme gegen repressive Regimes zu erheben.

Als die Pinochet-Diktatur in Chile 1983 öffentliche Demonstrationen unter Gewaltandrohung verbot, war das Schlagen auf Töpfe und Pfannen jeden Abend um 20 Uhr eine Möglichkeit für Chilenen und Chileninnen, aus dem sicheren Schutz ihres Zuhauses zu demonstrieren. Die schiere Masse der Menschen, die an dem Protest teilnahmen, und der Lärm, den sie dadurch erzeugten, machte es unmöglich, Einzelpersonen dafür zu verfolgen.

Ähnlich war es 2013 in der Türkei, als der Unmut der Bevölkerung mit der Regierung unter Erdogan sich in wochenlangen Protesten äußerte. Am Abend der ersten Massendemonstration mussten viele Demonstrierende den Gezi Park, den Ort des Protests, aufgrund des massiven Einsatzes von Pfefferspray und Tränengas verlassen. Um 1.30 morgens, nachdem viele von ihnen nach Hause zurückgekehrt waren, zerriss Lärm die Nacht: Die Protestierenden schlugen aus den Fenstern hinaus auf Fenster und Pfannen und setzten so den Protest fort. In den darauffolgenden Wochen schlugen fast jeden Abend um 9 Uhr Menschen in ganz Ankara und Istanbul auf Töpfe und Pfannen. Es ermöglichte so auch den Menschen, die nicht auf die Straße gehen konnten oder wollten, an den Protesten teilzuhaben. Gleichzeitig war der Lärm in Zeiten, in denen die freie Kommunikation über die Medien eingeschränkt war, ein Zeichen dafür, wie viel Unterstützung für den Protest innerhalb der Bevölkerung herrschte.

Auch wenn eine wahre Veränderung also wohl nie allein über den Krach von Töpfen und Pfannen herbeigeführt werden kann – die Küchenutensilien sind gleichzeitig Symbol für die innovative Widerstandsfähigkeit von Menschen auch unter den schwierigsten Umständen und eine Ansage: dass die Stimme der Bevölkerung nie ganz zum Schweigen gebracht werden wird.

Bild: ANRed - depositphotos.com

Wo sonst auf der Welt die Töpfe klingen

In Myanmar ist es ein traditioneller Brauch, auf Töpfe und Pfannen zu schlagen, um Dämonen und böse Geister zu vertreiben. Doch nach dem Militärcoup am 1. Februar 2021 nutzten die Einwohner:innen Jangons den Lärm, um jeden Abend um 8 entgegen aller Repressionen ihren Widerstand gegen die gewaltvolle Machtergreifung der Junta kundzutun.

Island ist vermutlich nicht das erste Land, an das wir bei lautstarken Protesten denken würden. Doch als das Land im Zuge der Eurokrise in starke wirtschaftliche Schwierigkeiten geriet und 2008 nur knapp am Staatsbankrott vorbeischlitterte, kam es zur bis dato größten Protestbewegung überhaupt. Immer mehr Menschen demonstrierten jeden Samstag in Reykjavik und forderten den Rücktritt der Regierung und des Vorstands der Zentralbank sowie für Neuwahlen. Am 20. Januar 2009 äußerten 2000 Menschen vor dem Parlament, mitten in der Parlamentssitzung, ausgestattet mit Töpfen und Pfannen, lautstark ihr Missfallen. Binnen weniger Wochen wurden alle ihre Forderungen erfüllt. Die Bewegung ging unter dem Namen *búsahaldabyltingin*, übersetzt in etwa: „die Revolution der Küchenutensilien" in die Isländische Geschichte ein.

In Quebec gingen Studierende 2012 gegen eine Reform der Regierung auf die Straßen, die die Universitätskosten um 75 Prozent zu erhöhen. Als die Regierung in Antwort auf die Proteste das loi78 erließ, das Veranstaltungsrechte für Demonstrationen erheblich einschränkte, wuchs die Protestbewegung rapide an. Nach wochenlangen „manifs casseroles", also Topfdemonstrationen, bei denen zum ersten Mal in Kanada das rhythmische Trommeln auf Töpfe und Pfannen als Protestmittel genutzt wurde, war das Gesetz Geschichte.

Im Senegal kam es im Sommer zu Protesten, nachdem der Führer der Opposition, Ousmane Sonko, daran gehindert wurde, seine Kandidatur für die Präsidentschaftswahlen im kommenden Jahr bei einer öffentlichen Veranstaltung bekannt zu geben. Sonko rief Menschen online auf, an einem „Konzert der Kochtöpfe, Autohupen und Feuerwerkskörper" teilzunehmen, um auf friedliche Weise ihre Kritik am amtierenden Präsidenten Macky Sall zu äußern. Er selbst startete den Protest, indem er vor seinem Haus symbolisch mehrere Minuten lang Töpfe zusammenschlug; in mehreren Städten im ganzen Land, darunter in der Hauptstadt Dakar folgten tausende insbesondere junge Menschen seinem Beispiel.

Bild: ANRed

Kleines Senfkorn Hoffnung

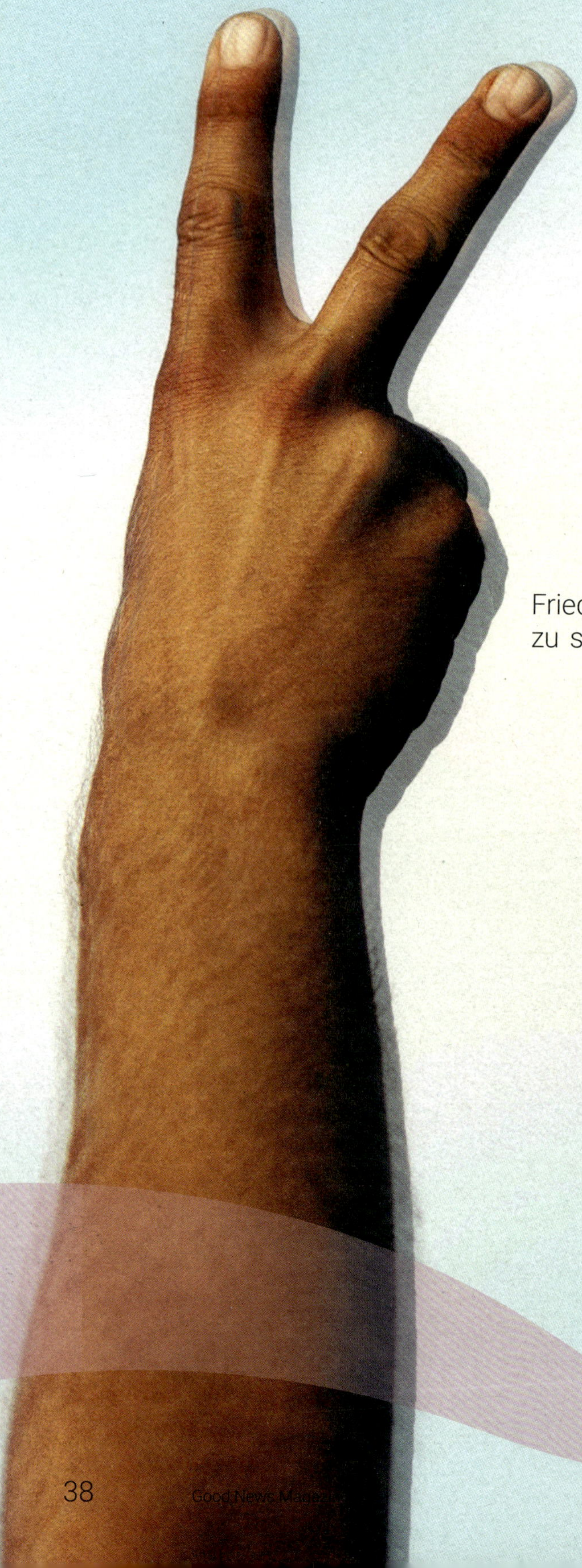

Frieden im Nahen Osten scheint fast unmöglich geworden zu sein. Doch es gibt Menschen, die die Hoffnung noch nicht aufgegeben haben.

Gabi Finck

Bild: Patrick Fore - Unsplash.com

Seit Jahrzehnten kann man die schweren, gewaltvollen Spannungen im Nahen Osten in den Medien verfolgen. Anschläge, Raketenbeschuss, Krieg und Vertreibung prägen das Bild der Berichterstattung. Seit dem Terrorangriff der Hamas auf Israel im Oktober 2023 und dem seitdem andauernden Krieg im Gazastreifen ist die Diskussion um den Konfliktherd Israel-Palästina wieder neu entflammt und scheint die ganze Welt zu polarisieren. Die Forderung, Position zu beziehen und sich eindeutig auf eine Seite zu stellen, ist jedoch, meiner Meinung nach, eine Fortführung der Spaltung und trägt nur zur Verschärfung des Konfliktes bei. Wer sich kritisch gegenüber israelischer Regierungspolitik äußert, sieht sich schnell dem Vorwurf von Antisemitismus ausgesetzt. Wer sich hingegen „Free Palestine" auf die Fahne schreibt, läuft Gefahr, als Unterstützer:in der Hamas zu gelten. Die Debatte ist angespannt und hitzig und beide Seiten neigen dazu, der anderen ihre Sichtweise abzusprechen und ihr Unrecht beweisen zu wollen. Dass die Suche nach dem Schuldigen, dem „schlimmeren Übeltäter" nichts bringt, betonen immer wieder die Friedensaktivist:innen beider Seiten. Ihre Stimmen sind nur leise vernehmbar, weil Krieg und Terror die mediale Aufmerksamkeit auf sich ziehen, aber sie sind da und arbeiten unermüdlich an einer friedlicheren Zukunft ihrer Heimat.

Trauernde Eltern als Botschafter des Friedens

Was die Gewaltspirale am Leben hält, sind die persönlichen Verluste von Freund:innen und Familienmitgliedern. Man könnte meinen, der Wunsch nach Aussöhnung mit der anderen Seite sei das Letzte, was Betroffenen in den Sinn kommen würde. Doch die Friedensinitiative des „Parents Circle" beweist das Gegenteil. Der *Parents Circle – Families Forum* (PCFF) ist eine Gemeinschaft aus mehr als 700 israelischen und palästinensischen Familien, die den schlimmsten Schmerz erleben mussten: den Verlust eines geliebten Menschen durch den Konflikt. Doch anstatt in Hass und Rachegefühlen zu verharren, wählen diese Menschen den Weg der Verständigung und des Dialogs. Sie finden beim PCFF eine Art erweiterte Familie, neue Freund:innen in einem Forum, zu dem niemand freiwillig gehören will. Keine Mutter, kein Vater – weder auf der palästinensischen noch auf der israelischen Seite.

Im Zentrum stehen das „Narrative Project" und die „Bereaved Parents Meetings", bei dem Israelis und Palästinenser ihre Geschichten und unterschiedlichen Perspektiven auf den Konflikt austauschen, um Vorurteile und Missverständnisse abzubauen. Die Treffen werden jeweils von einem palästinensischen und einem israelischen PCFF-Mitglied geleitet. Schmerz und Ängste werden miteinander geteilt und öffnen spürbar die Tür zu gegenseitiger Empathie. Die Erkenntnis, dass der Schmerz des angeblichen Feindes nicht geringer ist, als der eigene, entlarvt Vergeltung und Rache als unmöglichen Ausweg. Der Preis der Gewalt und Gegengewalt wird nicht nur in Zahlen gemessen, sondern auch in Träumen, die nie verwirklicht werden können, in verlorenem Potenzial und in Beziehungen, für die es keinen Ersatz gibt und die durch entsetzliche Taten zerstört wurden. Seit dem Sommer 2023 sieht sich der PCFF mit der Herausforderung konfrontiert, dass das israelische Bildungsministerium ihr Programm an den Schulen verboten hat. Eine Klage vor Gericht gab dem PCFF recht, doch noch weigert sich das Ministerium, die sogenannten „Klassendialoge" des *Parents Circle* wieder in die Programmdatenbank der Schulen aufzunehmen.

Die Jugend als Hoffnungsträger

Die meisten Palästinenser:innen und Israelis sind einander völlig fremd. Sie kennen niemanden persönlich von der „anderen Seite". Das, was sie haben, ist ein sehr enges und extremes Bild, welches durch die Medien und mündliche Weitergabe transportiert wird. Da werden dann alle Israelis oder Palästinenser in einen Topf geworfen und dämonisiert. „Sie wollen uns nur zerstören." – „Sie wollen ja gar keinen Frieden." (Das israelische Magazin Haaretz und andere Medien berichten.) Die Menschen wachsen in dem Glauben auf, die andere Seite sei sowieso nicht an einer friedlichen Lösung des Konfliktes interessiert. Wer die Debatte auf diese Art weiterführt, eben durch die Polarisierung als Für-oder Gegensprecher einer Seite, trägt damit keineswegs zu Frieden und Versöhnung bei.

Friedensprojekt „*Seeds of Freedom*"

Bild: Urheber - Maggie Svoboda

Wichtiger wäre es meiner Meinung nach, Projekte, Aktionen und Menschen medial hervorzuheben, die sich für Frieden, Diplomatie und eine gemeinsame Lösung einsetzen.

Ein Hoffnung schenkendes Beispiel ist das Programm *„Seeds of Peace"*. Seit 1993 führt es Jugendliche aus Konfliktregionen der Welt in einem Sommerlager im US-Bundesstaat Maine zusammen. Besonders für israelische und palästinensische Jugendliche, die in getrennten Gesellschaften aufwachsen, ist das Camp oft die erste Gelegenheit, jemanden von der „anderen Seite" kennenzulernen. Dabei ist es durchaus kein Kinderspiel, überhaupt Campteilnehmer:in zu werden. Die 14-16 jährigen Jugendlichen müssen sich mit Essays bewerben und ein Auswahlgespräch führen – von tausenden Bewerbern werden nur knapp 100 ausgewählt. Auf den dreiwöchigen Camps leben sie dann nach Konfliktregionen in Gruppen zusammen – beispielsweise also arabische und israelische Jugendliche, pakistanische und indische etc. Jeden Tag kommen sie neben fröhlichen Campaktivitäten zu ernsten und professionell moderierten Dialog-Sitzungen zusammen, um sich ehrlich, offen und direkt mit Themen auseinanderzusetzen, die sie voneinander trennen. Dabei stellen sie Stereotypen und Vorurteile mit persönlichen Erfahrungen in Frage. Auch wenn sie in Bezug auf historische oder aktuelle Ereignisse nicht einer Meinung sind, lernen sie, wie sie konstruktiv miteinander kommunizieren und ein tieferes Verständnis für die Perspektive des anderen entwickeln können. Ein wichtiger Bestandteil sind die sich anschließenden Führungsprogramme im Heimatland. Zu den Aktivitäten gehören Dialoge auf Gemeindeebene und Schulungen für Moderatoren, Rundreisen durch Konfliktgebiete mit Gesprächen, interreligiöse Camps sowie Mediations- und Verhandlungsseminare. Die Erfahrung zeigt, dass viele der israelischen und palästinensischen Alumni später bei lokalen friedensfördernden Organisationen und Initiativen mitarbeiten.

Die *Alliance for Middle East Peace* listet auf ihrer Website über 160 Organisationen und Initiativen auf, die sich unermüdlich für Dialog, Koexistenz, Versöhnung und gegenseitige Unterstützung einsetzen: Menschen, die Fahrhilfe für kranke Menschen aus Gaza leisten; ehemalige israelische Soldat:innen, die einen Weg aus der Gewaltspirale suchen; Bildungsinitiativen, Baumpflanzaktionen; Initiativen die „A Land For All" heißen oder „Kids4Peace", „One Voice Movement" und „Abraham Initiatives" für die Gleichberechtigung von palästinensischen und jüdischen Israelis.
All diese Initiativen zeigen: Frieden ist möglich, doch es erfordert Menschen, die diese friedensstiftenden Bemühungen ernst nehmen und unterstützen.

Frieden schaffen von außerhalb

Um dem polarisierenden Diskurs in Deutschland etwas entgegenzusetzen, haben sich auch eine Reihe Friedensaktivist:innen hierzulande zusammengetan. In Köln beispielsweise formierte sich die Gruppe *Palestinians and Jews for Peace*, um sich für einen differenzierten Dialog und Solidarität mit allen Opfern auszusprechen. „Hoffnung ist etwas, das man selbst schaffen muss" heißt es da. Sie sprechen sich sowohl gegen die Hamas, als auch gegen eine Besetzung der palästinensischen Gebiete aus, denn sie sind überzeugt, dass die Lösung des Konflikts keine militärische sein kann.

Auch Jouanna Hassoun und Shai Hoffmann, eine Deutsch-Palästinenserin und ein deutscher Jude, setzen sich für einen empathischen Dialog über den Nahostkonflikt ein. Trotz eigener Betroffenheit lehnen sie eine einseitige Perspektive ab und fördern Gespräche, die das Leid aller anerkennen und extremistische Positionen hinterfragen.
Der israelisch-palästinensische Konflikt ist ein tief polarisierendes Thema, besonders in Deutschland. Neben den aktuellen Ereignissen werfen Fragen nach Identität, politischem Selbstverständnis, Schuldabwehr und Erinnerungskultur viele Debatten auf, was auch die jungen Menschen bewegt. Pädagog:innen sehen sich hier oft mit diversen Standpunkten und persönlichen Bezügen konfrontiert, was die Auseinandersetzung in

Schulen herausfordernd macht. Dennoch ist es, gerade im Bildungsbereich, essentiell, dieses Thema anzusprechen, um Raum für differenzierte Perspektiven und ein besseres Verständnis zu schaffen.
An Schulen klären daher Jouanna Hassoun und Shai Hoffmann junge Menschen auf und raten zu menschlicher Empathie und Differenzierung. Ihre Arbeit spiegelt auch Kritik am deutschen Diskurs wider, der palästinensische Stimmen oft unsichtbar macht und voreilige Vorwürfe des Antisemitismus enthält. Seit über einem Jahr sprechen sie in Schulen mit jungen Menschen und Lehrkräften über die Komplexität der Situation. Ihre Haltung betont Menschlichkeit und Verständnis: „Wir brauchen andere Erzählungen, mehr Mitgefühl, mehr Akzeptanz für das Leid des anderen, die Anerkennung von palästinensischem und jüdischem Leben." Und:

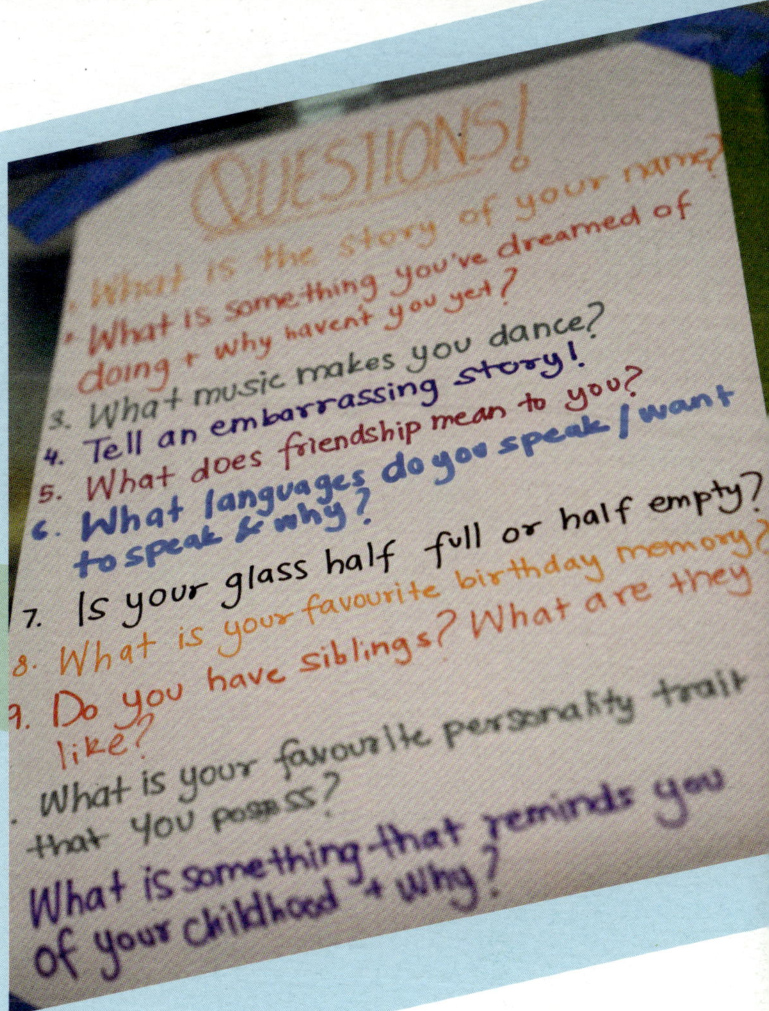

„Man muss sich nicht für eine Seite entscheiden, sondern für die Menschlichkeit."

Bild: Tania Liu - flickr.com

Bilder: Engin Korkmaz; John Gomez; jcmahepu@gmail.com - depositphotos.com

Bild: Sunguk Kim - unsplash.com

Bunt, rebellisch, politisch

Bild: Toxicómano Callejero

Straßenkunst als Friedensstifter

Tourist:innen in der kolumbianischen Hauptstadt Bogotá kommen nicht an den vielen Graffitis vorbei, die überall in der Stadt zu finden sind. Viele von ihnen sind nicht nur schön anzuschauen, sondern ein Zeichen für Frieden, Gerechtigkeit und gesellschaftlichen Wandel.

Antonia Scheurer

In den Straßen von Bogotá erzählen Graffitis von Kolumbiens Weg in den Frieden, dem Wunsch nach sozialem Wandel und dem Ende der Straßenkämpfe. Das große Engagement der Kunstszene wird seit einigen Jahren politisch gesehen und anerkannt -seit 2012 ist es nicht mehr kriminell, in der Hauptstadt zu sprayen. So entsteht besondere Kunst auch an den prominentesten Orten der Stadt. Die Werke sprechen die Sprache der Straße und erreichen damit nicht nur die Bevölkerung Bogotás, sondern die ganze Welt. In diesem Artikel können Sie in die künstlerische Welt Bogotás eintauchen und den Kampf der jungen Generation für Wertschätzung, Gleichheit und Frieden erleben.

Beispielhaft für die bunten Straßen Bogotás zeigen wir in diesem Artikel die Kunst von Andrés oder, wie er sich nennt: Toxicómano Callejero. Das bedeutet so viel wie „Straßen Junkie". Er schafft es sie Stimmen der Straße aufzufangen und in seiner Kunst sprechen zu lassen. Sie rufen nach Frieden, nach einer gesunden Erde und einer lebenswerten Zukunft.

Hay futuro - gibt es Frieden? / Toxicómano Callejero

Bild: Toxicómano Callejero

„*No future* sangen die Sex Pistols 1977. Den Slogan gibt es seit mehr als 40 Jahren... gibt es also eine Zukunft oder nicht?" - Diese Frage stellt sich der kolumbianische Künstler Toxicómano Callejero und gibt sie an die Menschen Bogotás weiter.

Tausche Waffen gegen Farbe

Bogotá hat sich in den letzten Jahren zu einem weltweit bekannten Zentrum der urbanen Kunst entwickelt. Die Bilder sind so vielschichtig wie das Land selbst: Sie erzählen vom Leid des Bürgerkrieges ebenso wie von der Hoffnung durch Friedensverhandlungen. Von sozialer Ungerechtigkeit, aber auch von kultureller Vielfalt. Vom Drogenproblem aber auch von einem Reichtum an Pflanzen und Tieren. Kolumbien hat über 50 Jahre Bürgerkrieg hinter sich. Der Alltag der Menschen ist geprägt von Drogenkrieg, Straßenkämpfen und Entführungen. Im Jahr 2016 begann eine neue Phase der Friedensprozesse. Die Regierung schloss ein Abkommen mit der Guerilla-Gruppe „Fuerzas Armadas Revolucionarias de Colombia" (FARC) und schenkte damit neue Hoffnung auf Frieden.
Erst wenige Jahre vorher begann auch für die Straßenkunst-Szene ein Prozess der Friedensfindung mit den Behörden. Heute ist das Sprayen an vielen Orten legal, die Stadt Bogotá fördert die Kunstform sogar und arbeitet mit der Graffiti-Szene zusammen. Das war nicht immer so. Im Jahr 2011 wurde der junge Künstler Diego Felipe Becerra von Polizisten erschossen, nachdem er beim Sprayen erwischt wurde. Der Tod des 16 Jährigen schockte die Szene schwer, es gab Proteste für Gerechtigkeit und gegen die Kriminalisierung der Straßenkunst. In einem Gerichtsprozess wurden die Polizisten schließlich verurteilt. Doch dabei blieb es nicht. Die Stadt Bogotá unter Bürgermeister Gustavo Petro änderte auch ihre Politik im Umgang mit der Streetart-Szene: Graffiti wurde als Kunstform anerkannt und zahlreiche Gebäude, sogar ganze Straßenzüge für die Kunstschaffendenn zur Bemalung freigegeben.

Argumentos - Argumente / Toxicómano Callejero

Zu dem Graffito „Argumente" sagt der Künstler Toxicómano Callejero: „Es wird mehr von dieser ‚Medizin' benötigt. Sie heilt Unwissenheit, Vorurteile und die neueste Krankheit, die Polarisierung".

So wurde Bogotá zum Zentrum der Graffiti-Szene und zog Künstler:innen aus der ganzen Welt an, die sich im Tageslicht an den Wänden der kolumbianischen Hauptstadt verewigen wollten.

Die Graffiti-Szene Bogotás ist tief in den gesellschaftlichen Realitäten Kolumbiens verwurzelt. Ein Hauptthema der Streetart ist die systemische Armut und Ungleichheit im Land. Auch die Rolle der indigenen Bevölkerungsgruppen, die oft marginalisiert und ihrer Rechte beraubt wurden, wird in zahlreichen Werken visualisiert. So dient Streetart als Sprachrohr für all jene, die sonst kaum gehört werden. Viele Künstlerinnen und Künstler aus Bogotá stellen den Missbrauch von Macht und die Ungleichheit in den Mittelpunkt ihrer Werke und betonen die Notwendigkeit von Frieden und Versöhnung.

Die Friedensbotschaft auf den Straßen

Das Friedensabkommen mit der FARC 2016 wurde in vielen Graffitis thematisiert. Die Szene begleitete den Prozess in den Frieden und zeigte deutlich: Das Abkommen ist wichtig, aber noch nicht genug. Neben den Symbolen für Frieden und Versöhnung thematisieren viele Künstler:innen auch die Herausforderungen, die Kolumbien nach dem Friedensprozess begleiten. Denn obwohl das Abkommen Hoffnung brachte, bleibt die Realität für viele Kolumbianer:innen von Unsicherheit geprägt. Im Land gibt es nicht nur Guerilla-Gruppen, wie die FARC, sondern auch paramilitärische Gruppen – Gewalt und Waffen sind aus dem Alltag vieler Kolumbianer:innen weiterhin nicht wegzudenken. Auch das Drogenproblem im Land und gesellschaftliche Ungleichheit beschäftigen viele Bürger:innen Kolumbiens. Die Graffitis in Bogotá erinnern daran, dass Frieden nicht nur das Schweigen der Waffen bedeutet – es braucht auch Gerechtigkeit, Chancengleichheit und wirtschaftliche Sicherheit.

Durch die Entkriminalisierung ist die Straßenkunst in Bogotá nichts mehr, was im Schutz der Dunkelheit passiert. Die Kunst entsteht auch tagsüber, sie wird gesehen, verbreitet und diskutiert. Und noch wichtiger: Jede und jeder darf mitmachen und mitreden. Anders als in Galerien oder Museen, ist die Kunst auf den Straßen für alle zugänglich, ein Gemeinschaftsprojekt. Der öffentliche Raum wird zum Medium für kollektive Anliegen.

Bogotá gilt als ein wichtiges Zentrum für Streetart, ist aber nur ein Beispiel von vielen Städten, in denen die urbane Kunst zum Sprachrohr für den Frieden wird. Viele Länder Südamerikas befinden sich ebenfalls in Zeiten des Wandels und der Unsicherheit. Die Graffiti-Kunst ist gerade für junge Menschen eine der wenigen Möglichkeiten, sich auszudrücken – auch politisch. In den Straßen von Bogotá wird der Wunsch nach Frieden lebendig und bunt.

„*Wir – die Hässlichen – sind mehr'*, ist ein Satz, den ich schon seit langem verwende. Ich habe ihn einem Lied der Band Siniestro Total entnommen, das wiederum von einem Song von Frank Zappa inspiriert wurde. Das Graffito spielt auf Menschen an, die vorgeben, (charakterlich) schön und positiv zu sein, obwohl sie es eigentlich nicht sind. Es soll außerdem ein Raum des Gedenkens an zwei kolumbianische Graffitikünstler sein, die von der Polizei ermordet wurden. Einer in Bogotá (Trípido) und der andere in Miami (Reefa)", erklärt Toxicómano Callejero.

Bild: Toxicómano Callejero

Bild: Toxicómano Callejero

„Los Feos somos muchos más -
Wir - die Hässlichen - sind mehr"
/ Toxicómano Callejero

Innerer Frieden für alle

Wenn es im Kopf zu laut ist, hilft die Uni

Kostenlose, professionelle und schnelle psychologische Hilfe für Studierende klingt nach einer Utopie. In Japan ist es Realität.

Anni Malter

Vorlesungen, Nebenjob, Prüfungen – all das gehört zum normalen Unialltag dazu. Doch für Studierende in Japan kommen häufig noch weitere Belastungen hinzu. Erdbeben, Tsunamis, Überschwemmungen und damit eine ständige Auseinandersetzung mit Naturkatastrophen sind für viele japanische Studierende Teil der Realität. Diese stressigen Umstände können zu einer zusätzlichen mentalen Belastung führen und eine Herausforderung darstellen, die über die üblichen Ängste und Sorgen hinausgeht, die Studierende weltweit erleben. Wie bewältigt man diesen Druck, wenn die Gedanken im Kopf immer lauter werden und das Bedürfnis nach innerem Frieden wächst?

Kostenlose psychologische Beratung für Studierende

An der *Keio University* in Japan hat man dieses Bedürfnis erkannt und reagiert: Das *Wellness-Center* der Universität steht den Studierenden zur Verfügung und bietet psychologische Unterstützung, um Stress und Belastungen zu bewältigen. In diesem Zentrum haben die Studierenden Zugang zu Psycholog:innen, die ihnen helfen, einen gesunden Umgang mit den Herausforderungen ihres Lebens zu finden. Egal, ob Depressionen, Panikattacken oder Prüfungsangst – nach einer schnellen E-Mail erhalten Studierende einen Termin mit japanisch und englisch-sprachig ausgebildeten Expert:innen. Extra Kosten fallen für die Studierenden keine an, die relativ hohen Studiengebühren (pro Semester zwischen 3500 Euro und 10.000 Euro) decken neben zwei medizinischen Untersuchungen im Jahr, auch wöchentliche Sitzungen in Person oder per Video Call mit klinischen Psycholog:innen. Auf der offiziellen Website heißt es, das *Wellness-Center* vereine die Bereiche Medizin, Psychologie und Sport, „mit dem doppelten Ziel, Forschung zu betreiben und Dienstleistungen anzubieten, um die Gesundheit von Körper und Geist ganzheitlich zu fördern." Neben psychologischer Unterstützung bietet das *Wellness-Center* auch Kurse mit dem Titel „Körperliche und geistige Gesundheit für das Campusleben" und „こころのエクササイズ" (Übungen für Herz und Geist) an, um Studierenden eine ganzheitliche Hilfe bieten zu können.

Die Bedeutung eines „Wellness-Centers" für die mentale Gesundheit

Das *Wellness-Center* der *Keio University* ist ein Beispiel dafür, wie moderne Universitäten die mentale Gesundheit ihrer Studierenden in den Fokus rücken. Durch individuelle Beratung, Gruppen-Sportangebote und andere Workshops lernen Studierende mit Stress umzugehen, innere Stärke zu entwickeln und einen gesunden Ausgleich zwischen Uni, Zukunftsplänen und Freizeit zu finden. In einem Umfeld, das oft auf Leistung und Erfolg ausgerichtet ist, schafft das *Wellness-Center* eine wichtige Balance. Es bietet einen Raum, in dem über Ängste, Sorgen und Stress offen gesprochen werden kann – ohne Stigma oder Schamgefühl.

Besonders wertvoll ist dabei die Verfügbarkeit professioneller Psycholog:innen, die regelmäßig und ohne lange Wartezeiten für die Studierenden da sind. Gerade in einer Kultur, in der psychische Gesundheit lange Zeit tabuisiert war und das Eingeständnis von Schwächen oft als negativ betrachtet wurde, ist dies ein wichtiger Schritt in die richtige Richtung. Die *Keio University* sendet damit ein starkes Signal: Die mentale Gesundheit ihrer Studierenden ist eine Priorität. Weitere Beispiele, die ein solches

Bild: Phiradet.c · depositphotos.com

Zentrum implementiert haben, sind die öffentlichen Hochschulen University of Tokyo, University of Tohoku und die private Waseda University.

Kontrast zu Deutschland: Lange Wartezeiten und eine überlastete Versorgung

Dieser Zugang zu psychologischer Unterstützung an japanischen Universitäten, wie der *Keio University*, steht jedoch im Kontrast zur Situation in Deutschland. Das deutsche Hochschulsystem ist für eine solche Entwicklung nur unzureichend vorbereitet. Beate Schücking, Präsidentin des Deutschen Studierendenwerkes (DSW), betont 2023, dass es deutlich zu wenig Beratungs- und Unterstützungsangebote gibt. Auch nach der Pandemie sind die psychologischen Beratungsstellen der Studierendenwerke stark überlastet und schaffen es kaum, den hohen Bedarf zu decken. Neben dem Mangel an Kapazitäten gibt es ein weiteres Problem: Viele Studierende zögern, Hilfe in Anspruch zu nehmen. Etwa 70 Prozent der Betroffenen benötigen, laut Schücking, Unterstützung bei Lernproblemen, Leistungsdruck oder Prüfungsangst. Trotzdem hat bisher nur rund ein Drittel dieser Studierenden Beratung erhalten.

Für viele Studierende in Deutschland bedeutet dies, dass sie monatelang auf einen Therapieplatz warten müssen – in einer Phase ihres Lebens, in der sie oft dringend Hilfe brauchen, um mit den Anforderungen des Studiums, persönlichen Problemen und möglicherweise psychischen Erkrankungen fertigzuwerden. Es gibt einen deutlichen Mangel an ausgebildeten Psycholog:innen. Auch die Beratungsstellen an deutschen Universitäten sind häufig überlaufen und können oft nur begrenzte Unterstützung bieten. Eine schnelle und effektive Unterstützung ist deshalb oft schwer zu erreichen. Dazu kommt, dass viele nicht wissen, wie sie einen festen Platz erhalten. Ist eine Überweisung nötig oder kann einfach jeder anrufen? Leider ist die sicherste Lösung für Studierende noch immer, direkt in die Notaufnahme zu gehen. Aber was kommt danach?

Die Anzahl an Studierenden, die Unterstützung suchen, steigt kontinuierlich, doch die Ressourcen halten mit diesem Bedarf nicht Schritt. Dies führt nicht selten dazu, dass Studierende mit ihren Problemen allein gelassen werden oder nur in extremen Notfällen schnelle Hilfe erhalten.

Der Weg zum inneren Frieden: Eine Aufgabe für Universitäten weltweit

Der Kontrast zwischen den Strukturen in Japan und Deutschland verdeutlicht, dass psychologische Betreuung an Universitäten ein zentraler Bestandteil der Bildungspolitik sein sollte. Sowohl öffentliche als auch private japanische Universitäten bieten verschiedene Unterstützung für mentale und physische Gesundheit an. Ein ganzheitliches Universitätserlebnis bedeutet mehr als akademische Exzellenz – es bedeutet, den Menschen als Ganzes zu fördern und die Studierenden in ihrem Streben nach innerem Frieden und Stabilität zu unterstützen.

Die *Keio University* dient als Beispiel dafür, wie Universitäten weltweit Verantwortung übernehmen können, um das mentale Wohlbefinden ihrer Studierenden zu fördern. Natürlich ist die Etablierung solcher Angebote auch mit Kosten verbunden, doch die langfristigen Vorteile sind nicht von der Hand zu weisen. Ein klar strukturiertes und zugängliches Angebot für psychologische Unterstützung fördert nicht nur das persönliche Wohl der Studierenden, sondern kann auch dazu beitragen, die Abbruchquoten zu senken und die akademische Leistung zu steigern.

Innerer Frieden als Teil der universitären Bildung

Die Anforderungen des Lebens an der Universität sind hoch, und der Druck, den Studierende täglich spüren, kann überwältigend sein. Universitäten haben die Möglichkeit, einen Raum für inneren Frieden zu schaffen und ihre Studierenden dabei zu unterstützen, Resilienz zu entwickeln und ihre psychische Gesundheit zu stärken.

Solange Universitäten wie die *Keio University* den Mut haben, neue Wege zu gehen, und das Wohl der Studierenden ganzheitlich betrachten, bleibt die Hoffnung, dass auch andere Universitäten eines Tages ähnliche Angebote bereitstellen. Denn wer inneren Frieden erlebt und mental und physisch ausgeglichen lebt, kann dies auch nach außen weiter tragen.

Hilfsangebot in Deutschland für Studierende in Not

Telefonseelsorge: Rund um die Uhr erreichbar unter den Telefonnummern 0800/111 0 111 oder 0800/111 0 222. Die Gespräche sind anonym und kostenfrei.

Wie die deutsche Bundeswehr ein Fundament für Demokratie und Vielfalt schaffen will

Innere Führung statt Führer

Eine Armee aus mündigen, kritischen und gewissensgeleiteten Menschen, die Vielfalt leben und freiheitlich-demokratische Werte verinnerlicht haben – passt das zur Bundeswehr? Ja, das ist nicht nur möglich, sondern notwendig, sagen die Entscheidungsträger:innen. Wie das Prinzip der Inneren Führung Vielfalt und Inklusion bringt und welche Herausforderungen dabei zu bewältigen sind, beleuchtet dieser Artikel.

André Latz

Die Bundeswehr steht heute vor großen Herausforderungen: Als „Parlamentsarmee“ soll sie nicht nur Deutschland verteidigen, sondern auch die Werte der Demokratie, Freiheit und Vielfalt repräsentieren. Die „Innere Führung“ ist dabei das zentrale Leitkonzept, das seit über sechzig Jahren als ethisches und moralisches Fundament dient. Sie stellt sicher, dass Soldat:innen nicht bloß Befehle ausführen, sondern als reflektierte Staatsbürger:innen handeln. In einer Zeit, in der extremistische Einflüsse und gesellschaftliche Spannungen zunehmen, ist die Innere Führung relevanter denn je – als Schutzschild gegen Radikalisierung und als Kompass für ein modernes, inklusives Militär. Diese Werte und Fragen standen im Zentrum einer Tagung zur Inneren Führung in Potsdam, bei der erfahrene Offiziere, Studierende und Fachleute gemeinsam über die Zukunft der Bundeswehr diskutierten.

Eine Vision von Wandel und Integrität

Potsdam, ein früher Morgen im *Zentrum für Militärgeschichte und Sozialwissenschaften* der Bundeswehr: Zahlreiche Teilnehmer:innen sitzen in einer Tagung zur „Inneren Führung“ und hören aufmerksam zu. In diesem Workshop geht es nicht nur um theoretische Konzepte – es geht um das Wertefundament, auf dem die Bundeswehr steht und um die Herausforderungen, die Soldat:innen im 21. Jahrhundert begleiten. Unter den Teilnehmenden befinden sich sowohl Studierende als auch erfahrene Offiziere. Alle eint die Überzeugung, dass die Innere Führung mehr ist als ein Leitfaden: Sie bildet die Grundlage für eine Kultur, die Vielfalt wertschätzt und extremistischen Tendenzen entschieden entgegenwirkt. Die Innere Führung ist das Fundament einer demokratischen und inklusiven Kultur innerhalb der Streitkräfte.

Bild: huettenhoelscher - depositphotos.com

Die Anwesenden gehören zu einer großen Gemeinschaft von Soldat:innen, die sich aktiv für Demokratie und gegenseitigen Respekt einsetzen. Sie tragen die Werte der Inneren Führung in ihren Dienstalltag und streben danach, diese Prinzipien zu leben und weiterzugeben. In einer Zeit, in der die Bundeswehr zunehmend im Fokus der Öffentlichkeit steht, nimmt die Innere Führung eine Schlüsselrolle ein – als Fundament für eine Institution, die nicht nur Schutz und Frieden gewährleisten soll, sondern auch zeigen soll, wie Demokratie funktioniert.
Zu den Inhalten der Tagung gehörten Themen wie „Das Erzieherische der Politischen Bildung in der Bundeswehr," „Bildung als Grundlage ethischer und politischer Bildung," „Partizipation statt Alibi! Der Einfluss der realen Führungskultur auf den Erfolg politischer Bildung," „Verschwörungsmythen in der politischen Bildung," und „Rechtspopulismus und politische Bildung." Auch ich selbst nahm an der Tagung teil und hielt zusammen mit meinem Kollegen Moritz Richarz einen Vortrag zum Thema „Werkzeuge der Demokratisierung für gebildeten Patriotismus – Reflexionen über Ansprüche an die Persönlichkeitsentwicklung von ‚Staatsbürger:innen in Uniform'." Wie häufig im Kontext der Bundeswehr wurde dabei die zentrale Frage gestellt:

„Würden Sie unter einem AfD-Verteidigungsminister Dienst tun? Und wie begründen Sie Ihre Antwort?"

Die Tagung ist eine von vielen Initiativen, mit denen die Bundeswehr auf Herausforderungen wie Rechtsextremismus und Sexismus innerhalb der Streitkräfte reagiert. Diese Bedrohung wird oft unterschätzt, obwohl Rechtsextreme versuchen, die Bundeswehr systematisch zu unterwandern, um als „Staatsfeinde in Uniform" einen „Staat im Staate" zu schaffen. Dabei bedienen sich rechtsextreme Akteur:innen demokratischer Mechanismen und Elemente, um ihre Positionen zu festigen. Die Streitkräfte setzen auf verschiedenen Ebenen an, um dieser Gefahr zu begegnen – doch es scheint, dass das Ausmaß dieser Bedrohung lange nicht ernst genug genommen wurde, ebenso wenig wie der Zusammenhang zwischen Rechtsextremismus und Sexismus.

Die Tagung setzt genau hier an: Sie schafft Bewusstsein und entwickelt Handlungsansätze. Ich vertrete dabei die Position, dass es zielführender ist, die Bundeswehr demokratischer zu gestalten, als mich in Utopien über die komplette Abschaffung der Streitkräfte zu verlieren. Mir ist es ein Anliegen, Bildungsräume zu gestalten, in denen zum Beispiel deutlich wird, dass Diversität ein demokratischer Grundwert ist. Demokratie und Diskriminierung – sei es gegen Frauen, queere Menschen oder andere marginalisierte Gruppen – schließen sich gegenseitig aus.

Die Innere Führung als Grundpfeiler der Bundeswehr

Die Innere Führung der Bundeswehr ist ein Leitkonzept, das vor mehr als sechzig Jahren eingeführt wurde und auf der Überzeugung beruht, dass die Bundeswehr nicht einfach eine militärische Organisation ist, sondern als „Parlamentsarmee" fest in den demokratischen Strukturen des deutschen Staates verankert ist. Diese Prinzipien bilden die Grundlage für den militärischen Dienst, das Selbstverständnis der Soldat:innen und den Führungsstil innerhalb der Bundeswehr. Sie legen fest, wie Befehl und Gehorsam auszubalancieren sind, und unterstützen das Konzept des „Führens mit Auftrag", bei dem eigenverantwortliches Handeln im Vordergrund steht.

Ein zentrales Element der Inneren Führung ist das Leitbild „Staatsbürger:innen in Uniform". Dieses Konzept begleitet die Bundeswehr seit ihrer Gründung und fordert von den Soldat:innen, sich nicht nur militärisch, sondern auch politisch und historisch zu bilden. Soldat:innen sollen staatsbürgerliche Verantwortung übernehmen und sich aktiv in die Gesellschaft einbringen. Das bedeutet auch, dass sie im Dienst und im Privatleben gewissensgeleitete Entscheidungen treffen sollen. Anders als in früheren Militärtraditionen steht in der Bundeswehr das geschulte Gewissen der Soldat:innen als höchste Instanz über der bloßen Befehlsausführung. Sie sollen nicht blind Befehle befolgen, sondern reflektiert und kritisch mit ihrer Verantwortung umgehen.
Die Innere Führung stellt also sicher, dass die Bundeswehr im Einklang mit den demokratischen Grundwerten des Staates agiert und dass die Soldat:innen als Staatsbürger:innen Verantwortung übernehmen, die über die rein militärischen Pflichten hinausgeht.
Diese Führungskultur und dieses Selbstverständnis ist angesichts aktueller Herausforderungen relevanter denn je. Rechtsextreme Vorfälle und Radikalisierungstendenzen stellen die Bundeswehr vor neue Fragen: Wie kann die Truppe ihre demokratische Kultur stärken? Wie kann sie für Vielfalt einstehen und ein

sicherer Arbeitsplatz für Menschen unterschiedlichster Identitäten und Hintergründe sein? Vor allem vor dem Hintergrund, dass der Rechtsextremismus die Bundeswehr systematisch und gezielt unterwandert. Die Innere Führung bietet Antworten – nicht nur als Regelwerk, sondern als lebendiges Prinzip. Dieses Prinzip kann aber nur lebendig sein, wenn die Menschen in der Bundeswehr es auch aktiv leben.

Allen voran ist hier die politische Führung gefragt. Der Verteidigungsminister Boris Pistorius greift diese Führungsrolle auf, wenn er betont: „Für das Traditionsverständnis der Bundeswehr ist der militärische Widerstand vom 20. Juli 1944 eine tragende Säule. Er mahnt uns, dass das Gewissen immer die letzte Entscheidungsinstanz ist – und dass das eigene Denken damit stets eine herausragend wichtige Pflicht ist." Pistorius forderte mehr als einmal „klare Kante" gegen Extremismus. Dafür sind auch alle Soldat:innen gefragt.

Wachsende Vielfalt und neue Chancen

In den letzten Jahren hat sich die Bundeswehr zunehmend geöffnet. Heute findet man in der Truppe immer mehr Menschen unterschiedlichster Herkunft, Religionen und sexueller Orientierung. Das Verteidigungsministerium hat den Stellenwert von Diversität erkannt und fördert Initiativen, die für ein inklusives Arbeitsumfeld sorgen. Diese Entwicklung ist ein klares Zeichen dafür, dass die Bundeswehr bereit ist, gesellschaftliche Veränderungen zu reflektieren und dass die Streitkräfte auf dem Weg sind, tatsächlich ein Spiegel der Gesellschaft zu werden, die sie verteidigt. Dazu gehören auch Veranstaltungen wie die „Diversity Konferenz" der Bundeswehr am 28.10.2024, wo die neue Diversitätsstrategie vorgestellt wurde. Hier sagte Verteidigungsministerin Pistorius in militärischem Vokabular:

> „Vielfalt stärkt unsere Kampfkraft, denn unterschiedliche Perspektiven führen zu kreativeren Entscheidungen."

In einer Gesellschaft, die sich zunehmend für Diversität und Gleichberechtigung öffnet, ist das Thema Gender-Gerechtigkeit nicht nur aktuell, sondern auch von entscheidender Bedeutung. Denn Vielfalt, auch in Bezug auf Geschlechtlichkeit, ist ein freiheitlich-demokratischer Wert an sich. Unsere Kultur und unser Zusammenleben sind dabei geprägt von Fortschritt und

Bild: Bundesministerium der Verteidigung - bmvg.com

Rückschlägen in der Gleichstellungsdebatte. Doch gibt es immer wieder Lichtblicke, die Mut machen und uns zeigen, dass eine gerechtere Welt möglich ist.

Zwei solche Beispiele sollen hier genannt sein: Ein solches Beispiel ist Oberstleutnant Anastasia Biefang, die als erste trans Frau eine militärische Einheit der Bundeswehr kommandierte und damit ein Zeichen für Vielfalt und Inklusion in einem oft traditionell geprägten Umfeld setzt. Neben vielem anderen ist bemerkenswert, dass ihre Transition nicht nur während der Dienstzeit und mit Unterstützung der Bundeswehr stattfand, sondern auch, dass Frau Biefang weiter ihren Karriereweg gegangen ist. Nicht zuletzt als Kommandeurin mit Verantwortung für viele hundert Menschen. Ihr Weg zeigt, dass Gender-Gerechtigkeit auch in Institutionen Raum finden kann, die auf lange Traditionen und ausdifferenzierte Hierarchien bauen. Vorbilder wie Anastasia Biefang leisten mehr als nur individuelle Erfolge - sie schaffen Orientierung und bieten Inspiration für andere. Indem sie die Grenzen traditioneller Vorstellungen sprengt, zeigt Biefang, dass ein authentisches Leben und beruflicher Erfolg Hand in Hand gehen können. Als Person, die auch in der Öffentlichkeit Stellung bezieht, bietet sie — wie alle starken Vorbilder — auch Reibungspunkte.

Neben Frau Biefang gibt es aber unzählige Soldat:innen, die freiheitlich-demokratische Werte vorbildlich leben und vermitteln, ohne dies öffentlichkeitswirksam zu tun. Viele Menschen, die im dienstlichen Alltag die Innere Führung mit Leben füllen. Eine solche Person ist Oberst i.G. Uwe Srp. Nicht erst als Kommandeur eines Einsatzkontingents stellte er sich und anderen immer die Frage nach einem vorbildlichen Verhalten als Vorgesetzter. Wie die Innere Führung lebendig gestalten? Eine Frage, die er schon als Hauptmann mit Verantwortung für eine Einheit in Afghanistan stellte. Und er stellt die Frage, wie politische Bildung stattfinden kann, die neue Denkräume eröffnet? Das Ziel: die abstrakte Idee freiheitlich-demokratischer Grundwerte im konkreten Leben der Soldat:innen reflektieren. Eine Antwort: aktuelle gesellschaftspolitische Debatten, zum Beispiel über geschlechtergerechte Sprache oder die Verwendung von rassistischen Wörtern, müssen sich auch in der politischen Bildung wiederfinden. Uwe Srp hat Debatten über solche Themen gefördert und gefordert. Um Menschen zur Selbstreflexion zu ermutigen, um eingefahrene oder unbewusste Denkmuster zu ändern, um demokratische Werte und somit auch Vielfalt zu fördern. Uwe Srp dazu:

> „Innere Führung heißt für mich zum Beispiel bei Diskussionsrunden, dass alle gleich sind. Dies ist gerade bei der Bundeswehr mit vielen Hierarchien gar nicht immer so einfach umzusetzen. Ich werde nie vergessen, wie zum Beispiel auf eine meiner Fragen zum tagesaktuellen Zeitgeschehen einfach Schweigen im Walde herrschte. Keiner traute sich auch nur ansatzweise seine Meinung zu äußern. Umso schöner, selbst zu erleben, wenn nach einer bestimmten Zeit mein Personal mir gegenüber, aber auch untereinander Vertrauen gefunden hat. Dies ist ein Prozess, der z.B. Zeit und Geduld erfordert. Beides ist gut investiert, sobald alle ihre Meinung frei und unabhängig vom Bildungsstand und dem Dienstgrad äußern. Die dabei oft positiv entstandene Dynamik erfreut mich sehr. Ist es doch ein Ziel der Inneren Führung, die Soldatinnen und Soldaten zum kritischen Denken anzuregen."
> – Uwe Srp

Die beiden Offiziere zeigen, dass es unterschiedliche Vorbilder braucht und gibt. Während Anastasia Biefang als Pionierin für Vielfalt und Inklusion in der Bundeswehr steht, repräsentiert Uwe Srp eine Führungspersönlichkeit, die sich aktiv gegen Radikalisierung einsetzt, ohne dabei eine Person im Rampenlicht zu sein. Beide stehen für eine Bundeswehr, die Vielfalt und Demokratie im Alltag lebt und verteidigt. Ihre Beispiele verdeutlichen, wie die Innere Führung in der Bundeswehr durch individuelle Vorbilder und klare Positionierungen gestärkt wird.

Prävention von Extremismus: Entschlossenheit und Transparenz

Die Bundeswehr geht heute transparenter mit rechtsextremen Vorfällen um und will dabei eine klare Null-Toleranz-Politik verfolgen. Diese Entschlossenheit zeigt sich in neuen Strukturen und Prozessen zur Prävention. So werden beispielsweise in regelmäßig stattfindenden Schulungen Vorurteile, diskriminierende Denkmuster und Radikalisierungstendenzen offen angesprochen und reflektiert. Auch der Arbeitskreis „Innere Führung im Einsatz" ist eines von vielen Elementen der Reflexion. Tagungen wie „Der gebildete Kämpfer? Zur Bedeutung der Politischen Bildung in der Bundeswehr im Kontext neuer politischer Anforderungen und gesellschaftlicher Radikalisierungstendenzen" im Sommer 2023, sind Bausteine in der Truppe zu wirken und die Konzepte der politischen Bildung weiterzuentwickeln. Denn diese ist ein entscheidender Grundpfeiler der Extremismusprävention.

Die Innere Führung setzt auf die ethische und moralische Bildung der Soldat:innen. Nur wer sich seiner eigenen Werte bewusst ist, kann extremistischen Tendenzen in sich selbst und in seinem Umfeld entgegentreten. Angesichts wachsender Vielfalt und dem Engagement von Vorbildern wie Oberstleutnant Anastasia Biefang und Oberst i.G. Uwe Srp stellt sich die Frage: Wie kann die Bundeswehr eine echte Kultur der Inklusion schaffen, die auch den Herausforderungen des 21. Jahrhunderts gerecht wird?

Gemeinsam stark: Eine Kultur der Achtsamkeit

Die heutige Bundeswehr will die bewusste Selbstreflexion und Achtsamkeit gegenüber den eigenen Werten und Handlungen fördern. Die Innere Führung kann nicht nur ein Schutzschild gegen Extremismus sein, sondern auch ein Instrument zur Stärkung des Miteinanders. Die Werte, die in der Inneren Führung verankert sind, fördern eine offene Gesprächskultur und die Wertschätzung unterschiedlicher Perspektiven. Das steht und fällt mit den jeweiligen Vorgesetzten und der Kultur der jeweiligen Einheit, denn die Bundeswehr ist eine große und diversifizierte Organisation. Als Umsetzung der politischen Bildung nur einmal im Jahr nach Berlin fahren und sich den Bundestag anschauen, ist dabei weniger wirkungsvoll, wie die Auseinandersetzung mit gesellschaftspolitischen Debatten im dienstlichen Alltag.

Bilder: Uwe Srp

Durch die Etablierung von Diversitäts-Workshops und antirassistischen Schulungen setzt die Bundeswehr ein Zeichen. Politische Bildung ist verpflichtend für alle über die gesamte Dienstzeit; außerdem wurde der „Lebenskundliche Unterricht" als berufsethische Bildung 2010 verpflichtend für alle Soldat:innen. Letzteres wird auch kritisch gesehen, da dafür Geistliche zuständig sind und somit die Trennung von Staat und Kirche nicht vollständig gegeben ist. Und letztlich ermittelt der *MAD* (Nachrichtendienst der Bundeswehr), allen voran auch die Wehrbeauftragte als Mittel ohne Dienstweg Meldung zu machen: fast alle bekannten rechtsextremen oder diskriminierenden Vorfälle sind auf diesem Weg von Soldat:innen gemeldet worden.

All dies zeigt, dass die Bundeswehr bereit ist, sich weiterzuentwickeln und ihrer Verantwortung als Vorbild gerecht zu werden. Gegen Widerstände von außen, ebenso wie aus der Truppe selbst. Letztlich schaffen diese Programme nicht nur Bewusstsein, sondern auch ein Gefühl der Zugehörigkeit und Wertschätzung für Vielfalt unter den Soldat:innen. Der Handlungsbedarf ist nicht zuletzt in einer Studie, durchgeführt von „Angewandte durchgeführt in 2019 von der „Gruppe Angewandte Militärpsychologie und Forschung im Streitkräfteamt Diversität, untersucht worden, wo es heißt: „Jede der untersuchten Vielfaltsgruppen ist von Diskriminierung betroffen." Oder auch: „Männern (wird) von vielen Bundeswehrangehörigen pauschal eine bessere Führungsfähigkeit und eine höhere Leistungsfähigkeit zugeschrieben". Es ist also umso wichtiger, mehr Bildungsarbeit zu leisten und Vorbilder wie Uwe Srp und Anastasia Biefang werden nach wie vor benötigt.

Ein Blick in die Zukunft: Gemeinsam für eine inklusive Bundeswehr

Es bleibt noch viel zu tun, um eine Bundeswehr zu schaffen, die Diversität und damit Demokratie in allen Facetten lebt. Doch die Entwicklung ist auf einem vielversprechenden Weg. Mit neuen Fortbildungsprogrammen, klaren Leitlinien und einer offenen Diskussionskultur ist die Bundeswehr dabei, ein Umfeld zu schaffen, in dem alle Soldat:innen respektiert und unterstützt werden.
Die Innere Führung erweist sich dabei als essenzieller Baustein für diesen Wandel. Sie hilft, alte Strukturen zu hinterfragen und neue Wege zu gehen. Das Ziel ist klar: Eine Armee aus mündigen, kritischen und gewissensgeleiteten Menschen, die Vielfalt leben und freiheitlich-demokratische Werte verinnerlicht haben.

Bild: Fotoatelier Herff

Dr. phil. André Latz ist unabhängiger Wissenschaftler, freiberuflicher Coach. Er studierte Erziehungswissenschaft, Soziologie, Politik (M.A.) und hat seine Dissertation zum Thema Vertrauen und Führung verfasst. Außerdem ist er ausgebildeter Systemischer Coach. Des Weiteren lehrte er als Honorardozent im Studiengang Polizeivollzugsdienst Politik und Soziologie an der Hochschule für Polizei und öffentliche Verwaltung Nordrhein-Westfalen sowie im Studiengang Soziale Arbeit Psychologie, public & non-profit Management und Praxisreflexion an der IU Internationale Hochschule GmbH.

Innere Führung als Leitstern für eine moderne Armee

Die Innere Führung ist das Herzstück einer Bundeswehr, die für Werte, Menschlichkeit und Demokratie steht. Offiziere wie Uwe Srp oder Anastasia Biefang und viele andere leben diese Prinzipien im Alltag. Sie zeigen, dass die Bundeswehr, trotz der Herausforderungen, bereit ist, sich als Institution neu zu erfinden und dabei eine verlässliche Partnerin für die Demokratie zu sein.

Die Vision ist klar: Eine Bundeswehr, die nicht nur schützt, sondern auch inspiriert. Eine Bundeswehr, in der jeder einzelne Mensch zählt und gemeinsam für eine sichere, gerechte und inklusive Gesellschaft steht. Es ist diese Vision einer inklusiven Bundeswehr, die uns zeigt, dass Wandel möglich ist – und dass eine demokratische, wertorientierte Armee keine ferne Zukunftsvision ist, sondern bereits heute Gestalt annimmt.

Und zurück zu der offenen Frage „Würden Sie unter einem AfD-Verteidigungsminister Dienst tun? Und wie begründen Sie Ihre Antwort?" Wie waren die Reaktionen? Das Auditorium war empört über den Gedanken, dass eine rechtsextreme Partei den Verteidigungsminister stellen könnte. Das macht Hoffnung, dass aus der Bundeswehr nicht so einfach eine Wehrmacht 2.0 werden wird.

Lassen wir die Fakten sprechen

Spaß mit Zahlen

Diese Zahlen haben uns beim Good News Magazin in den letzten Monaten vom Hocker gehauen.

Lucia Otto

2030

sollen bei 20 Prozent der Land- und Meeresflächen Renaturierungsmaßnahmen aufgenommen werden. Ziel ist es, bis 2050 Maßnahmen zur Wiederherstellung aller geschädigten Ökosysteme aufzunehmen.

4,5 Millionen

Steine wurden in den Niederlanden durch Grünflächen ersetzt. 173 Gemeinden nahmen beim sogenannten „Tegelwippen“ teil.

0

Keine Strafanzeige gibt es in Zukunft beim Schwarzfahren in Potsdam. Es kostet weiterhin 60 Euro, doch folgen keine gerichtlichen Konsequenzen. Andere Städte wollen folgen.

Jahre alt war Rostam Nazari als er als Analphabet nach Deutschland floh. Heute ist er 24 und der erfolgreiche Besitzer eine Solarbaufirma.

80

Prozent gesenkt seit 1990 hat Schweden die Treibhausgasemissionen, dank erneuerbarer Energien und einer CO2-Steuer. Gleichzeitig wurde das Wirtschaftswachstum verdoppelt.

Dänische Schulen starten später, um den Bio-Rhythmus der Schüler:innen zu berücksichtigen. Erste Ergebnisse: „Mehr Energie und mehr Konzentration!“

45

Tage ihrer insgesamt 48 bezahlten Urlaubstage können Eltern in Schweden ab sofort an Großeltern oder andere Verwandte übertragen.

Bilder: Simme11, Petkov, Rawpixel - depositphotos.com

2026

wird in Österreich für Hundehalter ein Sachkurs eingeführt, der ab dann verpflichtend ist.

840.000

Bewerbungen gab es beim Londoner Marathon, ein Weltrekord. Fast 50 Prozent waren Frauen. Auch das ist ein Rekord, v.a. wenn man bedenkt, dass die erste Frau erst 1967 mitlaufen „durfte".

1

neues Verfahren kann bei der Betrachtung von einem Ei die Haltungsform der Henne präzise bestimmen und so Etikettenschwindel im Supermarkt aufdecken. Eier enthalten je nach Haltungsform unterschiedliche Fettsäuren, die charakteristische Spektren bilden. Das Team identifizierte typische Spektren für ökologische Erzeugung, Freilandhaltung, Bodenhaltung und Käfighaltung.

3

Jahre erhielten Teilnehmende einer Studie ein bedingungsloses Grundeinkommen von 1000 Euro im Monat. Nun ist die Studie abgeschlossen und erste Ergebnisse zeigen: Weniger Stress, mehr Zukunftsdenken, mehr Arztbesuche – und keine „Kündigungswelle" bei den Probanden, wie Kritiker:innen befürchtet hatten.

1,8 Milliarden

Dollar brachte die neue Milliardärssteuer dem Staat Massachusetts ein. Das ist fast doppelt so viel wie erwartet. Über 50 Prozent hatten 2023 für die neue Steuer gestimmt. Sie betrifft etwa 0,6 Prozent der Haushalte, die zusammen 22 Prozent des gesamten steuerpflichtigen Einkommens auf sich vereinen.

Bilder: manushot, belchonock - depositphotos.com

Warum gewaltfreier Widerstand erfolgreicher ist, als wir denken

Strategisch, friedlich, effektiv

Die Forschung zeigt: gewaltfreier Widerstand war im letzten Jahrhundert erstaunlich erfolgreich. Warum 3.5 Prozent der Bevölkerung entscheidend sein können – und wie gewaltfreier Widerstand angesichts zunehmender Repression auch heute Erfolg haben kann.

Im Jahr 1170 vor Christus legten die Arbeiter, die mit dem Bau der Grabstätte des herrschenden Königs Ramses III. beauftragt waren, ihre Werkzeuge nieder. Ihre Forderung: ausreichende, regelmäßige Essensrationen und bessere Löhne. Bis ihnen das zugesagt wurde, weigerten sie sich, mit dem Bau fortzufahren.

Der Streik der Bauarbeiter im alten Ägypten ist wahrscheinlich nicht der erste Streik der Menschheitsgeschichte, aber der erste, der historisch belegt ist. Er zeigt, wie lange Menschen schon gewaltfreie Methoden nutzen, um sich Ausbeutung, ungerechten Verhältnissen und Unterdrückung zu widersetzen. In den letzten Jahrzehnten ist die Zahl gewaltfreier Widerstandsbewegungen auf der ganzen Welt gewachsen. Von den sogenannten „Color Revolutions“ in ehemaligen Staaten der UdSSR und den (zumindest anfangs friedlichen) Revolutionen des sogenannten „Arabischen Frühlings“ zu Black Lives Matter und den vielfältigen Klimabewegungen weltweit nutzen Menschen gewaltfreien Widerstand, um Veränderungen anzustoßen. Oft haben sie damit Erfolg.

“Welcher Erfolg?“, mag die erste Reaktion sein. Niedergeschlagene Proteste in Venezuela und Nigeria in den letzten Monaten, die Unterdrückung von friedlichem Widerstand in Myanmar und China, die schwindenden Zahlen bei den Klimastreiks – wo soll dieser Erfolg sein? Es stimmt: Während bis zirka 2010 die Erfolsquoten gewaltfreier Widerstandsbewegungen weltweit stiegen, sind sie seitdem deutlich gefallen. Die Herausforderungen für Widerstand, gewaltfrei oder unter Gewaltanwendung, sind gewachsen, während autoritäre Regime besser darin werden, solche Bewegungen im Keim zu ersticken. Und trotzdem. 34 Prozent aller gewaltfreien Widerstandsbewegungen in den letzten 15 Jahren haben erfolgreich einen Umbruch des Status Quo bewirkt. Dem gegenüber stehen nur neun Prozent Erfolgsquote bei bewaffnetem Widerstand.
Gewaltfreier Widerstand ist damit weiterhin das erfolgreichste Mittel, um Veränderung zu bewirken. Wir fassen zusammen, wo solche Bewegungen seit Beginn des 20. Jahrhunderts erfolgreich waren, wie sie aussehen können, um angesichts neuer Herausforderungen zu wirken – und warum es immer Hoffnung für gewaltfreien Widerstand gibt.

Bild: Leonid_studio - depositphotos.com

Schockierende Erfolgsquoten

Erica Chenoweth ist eine US-amerikanische Politikwissenschaftlerin und Professorin für öffentliche Ordnung an der *Harvard Kennedy School* und dem *Radcliffe Institute for Advanced Study*. 2006 begann sie ihre Arbeit zu gewaltfreien Widerstandsbewegungen, „als Skeptikerin", wie sie heute bekennt. Ihre Kollegin Maria Stephan nahm diese Skepsis zum Anlass für ein herausforderndes Forschungsprojekt: Den Erfolg von Widerstandsbewegungen sowohl mit als auch ohne Gewaltanwendung zu untersuchen.

Dabei fokussierten sie sich auf Bewegungen, die einen radikalen Umbruch forderten, wie den Sturz einer aktuellen Regierung oder die Errichtung eines neuen Staates – Ziele, die nur schwer zu erreichen sind. Als erfolgreich verordneten Chenoweth und Stephen eine Bewegung dann, wenn innerhalb eines Jahres nach dem Höhepunkt der Bewegung und aufgrund der Bewegung eine Regierung gestürzt oder territoriale Unabhängigkeit erlangt wurde. Am Ende stand eine Liste von 627 revolutionären Bewegungen zwischen 1900 und 2006, dem Zeitpunkt des Beginns ihrer Forschung.

> „Ich war schockiert. Mehr als die Hälfte der Bewegungen, die vorwiegend auf gewaltfreie Taktiken setzten, waren erfolgreich"
>
> (Erica Chenoweth: „Civil resistance. What everyone needs to know." – Vorwort)

Das Ergebnis ihrer Studie überraschte sie selbst: Mehr als 50 Prozent der gewaltfreien Bewegungen waren erfolgreich. Dem gegenüber stehen nur 26 Prozent der Bewegungen, die Gewalt anwandten. Der Erfolg von Kampagnen, die auf Gewaltfreiheit setzten, war zudem unabhängig von Faktoren wie Ort, Reichtum, Bevölkerungszusammensetzung oder militärischer Macht.

Was versteht man unter gewaltfreiem Widerstand?

Laut Erica Chenoweth ist *Civil Resistance* „eine Methode des aktiven Konflikts, wobei unbewaffnete Menschen eine Vielzahl von koordinierten, nicht-institutionellen Methoden – Streiks, Proteste, Demonstrationen, Boykotte, das Schaffen alternativer Institutionen, und viele andere Taktiken – nutzen, um Veränderung voranzutreiben ohne ihre Gegner zu verletzen oder ihnen mit Gewaltanwendung drohen". Das Ziel des Widerstands ist es dabei immer, den Status Quo zu beeinflussen und über die Interessen der Beteiligten hinaus eine Veränderung für die breitere Gesellschaft zu bewirken.

Bewegungen gewaltfreien Widerstands gibt es bereits seit Jahrtausenden. Der Begriff „Civil Resistance" ebenso wie unsere heutige Auffassung davon, wurde allerdings erst von Gandhi geprägt. Er verwendete ihn, um die von ihm verwendeten Taktiken des organisierten, von der Zivilbevölkerung geführten Widerstands gegen die militärisch weit überlegene Britische Kolonialmacht zu beschreiben. Die indische Unabhängigkeitsbewegung ist, gemeinsam mit der Bürgerrechtsbewegung in den USA, wohl das bekannteste Beispiel erfolgreichen, gewaltfreien Widerstands. Tatsächlich orientierten sich viele Führer:innen des Civil Rights Movements an Gandhis Mischung aus zivilem Ungehorsam und friedlichem Widerstand als Strategie, einen Umbruch herbeizuführen. Die gegenseitige Inspiration zu gewaltfreiem Widerstand setzt sich bis heute fort: Gruppen wie *Nonviolence International* oder *CANVAS* bieten Schulungen an, wie gewaltfreier Widerstand organisiert und umgesetzt werden kann: Er ist zu einer anerkannten Strategie geworden.

Chenoweth und Stephens untersuchten daraufhin weitere Merkmale gewaltfreier Widerstandsbewegungen: Welche Formen davon gibt es? Wann sind sie besonders erfolgreich – und wann nicht? Und: Warum sind wir so überrascht davon, wenn sie erfolgreich sind?

Bild: Vectartist - depositphotos.com

Gegen die Mythen: Was gewaltfreier Widerstand alles (nicht) ist

Die Antwort auf die letzte Frage liegt für Chenoweth darin, dass viele Menschen Gewaltfreiheit als passiv und ineffektiv wahrnehmen. Es ist vielleicht der hartnäckigste unter den vielen Mythen, die gewaltfreien Widerstand umgeben – und gegen die Chenoweth in ihrem Buch vorgehen will. Denn, wie sie erklärt, ist er oft alles andere als passiv: „solche Bewegungen sind oft aufsässig, disruptiv und konfrontativ, mit einem Plan, der darauf abzielt, den Gegner in eine Art Schockstarre zu versetzen“

> Im Vergleich mit den Alternativen ist gewaltfreier Widerstand eine erstaunlich erfolgreiche Methode, um Veränderung zu bewirken“

Auch ist es – leider! – nicht so, dass es sich bei solchen Revolutionen um gewaltfreie Interaktionen handelt – denn die Gegenseite nutzt häufig Gewalt in dem Versuch, friedlichen Widerstand niederzuschlagen. Gewaltfreier Widerstand, so Chenoweth, „bedeutet leider eben nicht, dass niemandem Leid geschieht.“ Umso bewundernswerter ist es, dass sich so viele Menschen dennoch für diese Form des Widerstands entscheiden – und damit erstaunlich häufig erfolgreich sind.

Die steigende Zahl der Widerstandsbewegungen weltweit zeigt zudem, dass gewaltfreie Strategien zunehmend als effektiv erkannt werden. Denn – und auch das stellt Chenoweth klar: Gewaltfreiheit ist weniger Ideologie als Strategie. Das heißt nicht, dass Menschen sich nicht auch aus ideologischen und pazifistischen Gründen gegen Waffen und Gewalt entscheiden. Es heißt aber, dass die meisten diesen Weg wählen, weil sie ihn schlicht und einfach als vielversprechender wahrnehmen. Die wenigsten von ihnen sind absolute Pazifist:innen; das würde auch einen sehr hohen Standard voraussetzen. Wer von uns würde schon von sich sagen, dass wir komplette Pazifist:innen sind? Trotzdem ist natürlich richtig, dass gewaltfreier Widerstand für die meisten Menschen vor einem ethischen und moralischen Hintergrund eher als gerechtfertigt und gerecht wahrgenommen wird.

Eine weitere Fehlvorstellung ist, dass gewaltfreier Widerstand vorwiegend über Demonstrationen funktioniert. Das ist jedoch nur eine – und bei weitem nicht die erfolgreichste – Methode des Widerstands. Tatsächlich gibt es hunderte, wenn nicht tausende verschiedene Aktionen und Methoden, um den Status Quo ohne Waffen zu verändern. Und mit fast jeder Bewegung entsteht eine neue, an den spezifischen Kontext angepasste Methode. Viele davon sind unerwartet oder innovativ, wie eine kollektive Weigerung, Steuern zu zahlen, die gezielte Überlastung der Verwaltung, Flash-Mobs oder kollektives Schweigen. Weitere Beispiele sind die Aktionen des feministischen Widerstands in Russland (S. 82) oder die Pots-and-Pans-Proteste (S. 33) Dabei geht es nicht nur darum, Dinge zu tun, die der Gegner nicht will (Proteste etc.) sondern auch, Dinge NICHT zu tun, die von der Bevölkerung erwartet oder verlangt werden.

Wie gewaltfreier Widerstand erfolgreich(er) wird

Was also macht Gewaltfreiheit zu einer effektiven Strategie? Jeder Widerstand findet in einem bestimmten Kontext statt, das heißt, es gibt kein Universalrezept für Erfolg. Laut Chenoweth sind Widerstandsbewegungen jedoch grundsätzlich erfolgreicher, wenn:

1. sie es schaffen, Befürworter:innen und Menschen, die bis dato vom Regime profitiert haben, dazu zu bewegen, die Seiten zu wechseln
   . – besonders wichtige Gruppen sind hierbei Sicherheitskräfte, das Militär, Geschäftsleute, Gewerkschaftsvertreter:innen und „Civil Servants“, also Lehrkräfte, Gesundheitspersonal etc. Besonders die Business-Elite kann hier schnell die Seiten wechseln, wenn das Geschäft unter einem bestimmten Regime oder dem Widerstand dagegen leidet.
2. sie eine Bandbreite an Maßnahmen anwenden, über Demonstrationen hinaus
   . – insbesondere alle Methoden, die politischen und wirtschaftlichen Druck ausüben können, zum Beispiel Streiks (v.a. Generalstreiks) aber auch innovative Methoden
3. sie Resilienz gegenüber Repression entwickeln
   . – zum Beispiel dadurch, dass es klare Pläne dafür gibt, was passiert, wenn es zu Repressionen kommt oder sich eine neue Führungsriege bilden muss
4. sie eine breite Masse mit Menschen aus allen Bereichen der Gesellschaft umfassen.

Der letzte Punkt ist so wichtig, dass er eine eigene Unterüberschrift verdient, beziehungsweise sogar eine eigene Regel: die 3,5 Prozent Regel.

Die Macht der Massen – oder: die kritischen 3,5 Prozent

Die 3,5 Prozent Regel wurde von Chenoweth 2013 in einem TEDx-Talk vorgestellt. Sie besagt, dass bislang keine Revolution gescheitert ist, bei der mehr als 3,5 Prozent der Bevölkerung an einem Schlüsselmoment der Revolution – wie einer Massendemonstration oder einem Streik – aktiv teilnahmen.

Erfolg ist allerdings auch möglich, wenn weniger als 3,5 Prozent der Bevölkerung beteiligt sind, auch gibt es keine Garantie für die Zukunft, dass mit den 3,5 Prozent automatisch eine Veränderung erreicht wird. Die genaue Zahl ist darum zweitrangig; was sie jedoch zeigt, ist:

Zum einen muss nur eine verhältnismäßig geringe Prozentzahl der Menschen aktiv in eine Widerstandsbewegung involviert sein, um große Veränderungen zu bewirken. Das liegt auch daran, dass die meisten Menschen ihren Widerstand gerade gegen repressive Regime eben nicht laut äußern. Wenn also 3,5 Prozent der Menschen aktiv werden, weist das meist auf einen großen Rückhalt der Widerstandsbewegung in der Bevölkerung hin.

Zum anderen ist die Zahl der Menschen, die in eine Widerstandsbewegung involviert sind, absolut entscheidend. In fast allen Fällen gilt: Je größer und diverser die Widerstandsbewegung, desto größer ihre Erfolgsaussichten. Von den 32 Revolutionen, die die größte Zahl Menschen bewegen konnten, waren 24 direkt erfolgreich. 27 davon waren über einen längeren Zeitraum erfolgreich oder erreichten zumindest massive Zugeständnisse von Seiten der Regierung, so Chenoweths Erkenntnisse.

Doch selbst der Macht der Massen ist noch ein Faktor übergeordnet, der für eine erfolgreiche Widerstandsbewegung entscheidend ist: Planung. Bewegungen müssen gut organisiert und darauf vorbereitet sein, dass der Widerstand lange andauern wird, denn sie dauern im Schnitt über 16 Monate an – und das ohne die Vorbereitungen vor den ersten öffentlichen Aktionen zu berücksichtigen. Das ist allerdings noch deutlich kürzer als bei erfolgreichen bewaffneten Widerstandskampagnen, die im Schnitt über fünf Jahre andauern. Auch darum leidet die Bevölkerung meistens weniger unter gewaltfreiem Widerstand.

Umbruch erreicht – und was dann?

Verdauen wir diese Informationen und erkennen an, dass gewaltfreier Widerstand wirklich erstaunlich häufig zum Umbruch führt, stellt sich vermutlich schnell die Frage: Ja, aber wie lange hält diese Veränderung an? Ist es wirklich eine Veränderung zum Positiven? Dabei haben viele von uns wahrscheinlich die Auswirkungen des sogenannten „Arabischen Frühlings" im Kopf. „Oft ist die Befürchtung, dass nach gewaltfreien Protesten noch repressivere Regime die Macht erlangen, wie in Ägypten 2013, oder gewaltfreie Proteste in Blutvergießen münden, wie in Libyen und Syrien 2011", räumt Chenoweth ein. „Aber der Großteil der Forschung lässt vermuten, dass solche Fälle eher die Ausnahme sind als die Regel."

> „Unterm Strich gehen Gesellschaften aus gewaltfreien Widerstandskampagnen weitaus weniger zerstört hervor und zudem oft mit veränderten Machtverhältnissen innerhalb der Gesellschaft"
>
> (Erica Chenoweth: „Civil resistance. What everyone needs to know" – S. 241)

Stattdessen würden gewaltfreie Proteste häufig zu demokratischen Übergängen und langfristiger Stabilität führen – die Wahrscheinlichkeit dafür war sogar in Ländern, in denen gewaltfreie Widerstandsbewegungen scheiterten, viermal so hoch als in solchen, die keine solche Bewegungen erlebt hatten. Andere Ergebnisse zeigen, dass Länder nach gewaltfreien Widerstandsbewegungen in den darauf folgenden Jahren weniger häufig Bürgerkriege erleben. Auch die Lebenserwartung steigt.

Geduld, Planung und Struktur

Trotzdem stimmt es, dass ein stabiler Übergang nach einem Regimewechsel oft enorm schwierig ist, da er viel Bereitschaft zur Zusammenarbeit und zu Kompromissen von allen Seiten fordert. Chenoweth bringt es auf den Punkt: „Es ist leichter gegen etwas zu sein, als für etwas zu sein" (S. 120). Am besten sind die Ergebnisse daher, wenn zuvor klare Pläne für die Zeit nach einer Systemveränderung bestehen und bereits vernetzte zivile Strukturen und Organisationen etabliert sind. Ein Beispiel dafür ist Polens Solidarnosc-Bewegung.

Zwei Jahrzehnte lang organisierte *Solidarnosc* sowohl öffentliche Proteste als auch Aktionen im Verborgenen, die schlussendlich zum Ende der kommunistischen Herrschaft in Polen führten. Die Führung der Bewegung setzte sich aus Mitgliedern verschiedener Gewerkschaften zusammen und formte Berufsverbände, Untergrund-Universitäten und ihre eigene Zeitschrift, die *Samizdat*. Schritt für Schritt erstritten sie sich von der kommunistischen Regierung, die Legalisierung von Gewerkschaften und schließlich das Zugeständnis, bei den Nationalwahlen mit eigenen Kandidat:innen anzutreten. Als sie die Wahl im Juli 1989 gewannen, machten die zuvor geschaffenen Parallelinstitutionen und Strukturen innerhalb der Bewegung den Übergang zu einem stabilen demokratischen System leichter.

Neue Herausforderungen in den letzten 15 Jahren

Solidarnosc war Teil einer Welle erfolgreicher Bewegungen gewaltfreien Widerstands bis in die 2000er. Doch seit 2010 sind die Erfolgsquoten solcher Bewegungen deutlich zurückgegangen, von vorher knapp 50 Prozent auf rund 34 Prozent. Warum ist das so?

Ein entscheidender Faktor ist, dass Regime besser auf gewaltfreien Widerstand eingestellt sind: „Früher kam gewaltfreier Widerstand als Überraschung", erklärt Chenoweth. Heute erkennen Machthaber:innen die Bedrohung, die von solchen Widerstandsbewegungen ausgeht und nutzen ausgeklügelte Wege, um dagegen vorzugehen – durch Diskreditierung, Zensur, Delegitimierungs- und Überwachungstechniken, aber auch, indem sie Taktiken nutzen, um Spaltungen innerhalb der Bewegungen herbeizuführen.

Ein weiterer Grund liegt in den Bewegungen selbst. Im Vergleich zu früher sind aktuelle Widerstandsbewegungen meist kleiner, umfassen also weniger als die kritischen 3.5 Prozent der Bevölkerung. Auch liegt der Fokus aktueller Bewegungen häufig auf spontanen Massenprotesten und digitalem Aktivismus anstelle von Methoden wie Streiks oder Boykotten, die einen politisch und ökonomisch größeren Effekt haben. Zuletzt, so Chenoweth, fehle oft die strukturierte Planung und Organisation, die sicherstellt, dass eine Bewegung langfristig andauern und auch Repressionen überdauern kann.

Neue Wege gegen steigende Repressionen?

Immerhin: Das Wissen um das, was derzeit falsch läuft, kann auch der Schlüssel dafür sein, aktuelle Widerstandsbewegungen wieder erfolgreicher zu machen. Tatsächlich zeigen jüngere Bewegungen angesichts wachsender Repressionen neue Techniken, sich den Niederschlagungsversuchen durch die Regierung zu widersetzen. In Ägypten verteilten Aktivist:innen 2011 einen Flyer mit dem Titel „wie man intelligent protestiert". Darauf verwiesen sie auf strategische Ziele, wie beispielsweise die Polizei und das Militär auf ihre Seite zu ziehen. Sie gaben taktische Ratschläge, in welchen Gegenden Versammlungen beginnen sollten und wie Protestzüge gestaltet werden sollten und rieten Demonstrierenden, Topfdeckel als Schutz vor Schreckpistolen mitzubringen und Polizist:innen durch Sprühfarbe auf die Visiere die Sicht zu nehmen. Außerdem warnten sie davor, den Flyer online zu verbreiten, um der Staatsüberwachung zu entgehen.

In Hong Kong trugen Demonstrierende Masken, um ihre Identität angesichts der omnipräsenten Überwachung geheimzuhalten und wehrten sich mit Regenschirmen und Verkehrshütchen gegen Pfefferspray und Tränengas.

Die kreative Anpassungsfähigkeit von Widerstandsbewegungen ist einer der Gründe, die Chenoweth trotz allem vorsichtig optimistisch machen. Ein anderer ist gleichzeitig offensichtlich und leicht aus dem Blick zu verlieren: „People Power Movements haben immer schon gegen alle Widerstände triumphiert". Und sie sind überall auf der Welt präsent, entgegen aller Versuche der Unterdrückung. Tatsächlich sind ihre Widerstandsbewegungen gerade dort meist am stärksten und wahrscheinlichsten, wo die Repression am höchsten ist.

Das mag paradox erscheinen, doch Chenoweth und Stephan analysierten 46 Fälle zwischen 1989 und 2011, in denen das Regime gewaltvoll gegen unbewaffnete Protestierende vorging. In ungefähr der Hälfte der Fälle, so ihre Schlussfolgerung, führte die Gewaltanwendung dazu, dass die Bewegung nur noch stärker wurde. Und in wiederum der Hälfte dieser Fälle führten die Bewegungen trotz massiver Gewaltanwendung des Regimes zum Erfolg (S. 202–203).

Chenoweth betont zudem: „Wenn wir verschiedene Arten des Widerstands vergleichen, zeigt uns die Forschung immer wieder aufs Neue, dass unbewaffneter Widerstand deutlich geringere Kosten für die große Mehrheit der Menschen hat." Das bedeutet nicht, dass die Kosten, die trotz allem mit solchem Widerstand einhergehen, nicht ebenfalls schrecklich sind. Aber es ruft uns ins Gedächtnis, wie viele Menschen sich mit unglaublichem Mut entgegen alle Gefahren für eine Veränderung zum Positiven einsetzen.

Können wir heute noch civil resistance? Yes, we can!

Und so gibt es trotz aller aktuellen Herausforderungen Beispiele in den letzten Jahren, die Hoffnung machen. 2023 stimmten die Menschen in Polen nicht nur gegen eine über Jahre hinweg zunehmend autokratische und repressive Regierung, sondern auch gegen ein von selbiger Regierung auf den Weg gebrachtes Referendum. Es hätte unter anderem zur Folge gehabt, dass staatliche Unternehmen in Wahlen eingreifen und die amtierende Partei finanziell unterstützen könnten. Ein Bündnis aus zivilgesellschaftlichen Organisationen rief im Vorfeld zum Boykott des Referendums auf, das sie als verfassungswidrig ansahen. Mit Erfolg: Während die Wahlbeteiligung bei der Präsidentschaftswahl mit 74 Prozent Rekordhöhen erreichte, stimmten beim Referendum gerade einmal 40 Prozent der Bevölkerung ab – damit wurde das Ergebnis hinfällig.

Ebenfalls 2023 setzte sich die Zivilbevölkerung in Guatemala erfolgreich für den Schutz der Demokratie ein. Nachdem die, in Korruptionsskandale verwickelte, Führungselite sich weigerte, den Sieg des Außenseiter-Kandidaten Bernardo Arévalo in den Präsidentschaftswahlen anzuerkennen, initiierte ein Zusammenschluss indigener Gruppen eine konzertierte Widerstandsaktion. Über drei Monate hinweg blockierten zehntausende Protestierende die Straßen. Tausende Arbeitende, von Lehrkräften zu Marktverkäufer:innen, legten die Arbeit nieder und sandten das Land in einen halben Shut Down. Schließlich beugte sich der Verband der Handelskammern und gab bekannt, das Wahlergebnis zu unterstützen. Auch der Leiter der Zivilpolizei stellte sich hinter die Demonstrierenden und weigerte sich, die Mengen unter Gewaltanwendung aufzulösen. Als dann noch die USA internationalen Druck ausübten, gab das Verfassungsgericht nach: Der demokratisch gewählte Arévalo übernahm die Regierungsgeschäfte.

Das Credo? Weitermachen!

Ende gut, alles gut, also? Nein, denn die korrupten Strukturen bleiben weiterhin bestehen und machen es Arévalo schwer, die Veränderungen zu bewegen, die sich die Bevölkerung von ihm verspricht. Guatemala beweist damit, was für jeden Widerstand gilt: Es braucht starke zivilgesellschaftliche Strukturen, um Veränderungen zu erzielen und die gewonnenen Erfolge zu schützen. Das heißt auch: Jede Widerstandsbewegung benötigt einen langen Atem. Woraus können Menschen dieses Durchhaltevermögen ziehen? „Hoffnung und Agency (dt. in etwa: Handlungsmacht), sind unglaublich wichtig", erklärt Chenoweth. „Und einer der effektivsten Wege, die ich kenne, um diese Gefühle zu stärken, ist, von den Beispielen zu lernen, wo Menschen in der Lage waren, sich aus einer Situation zu befreien, die unmöglich und ausweglos schien."

Auch darum schließt sie ihr Buch mit einem Appell: „Gewaltfreier Widerstand ist nicht immer erfolgreich. Aber er ist viel effektiver, als euch seine Gegner glauben machen wollen."

Von Transformation, Verständnis und Wegen zum Frieden

Die Kraft der Kunst

Lea Baroudi weiß um die Macht der Künste. Sie ist Libanesin und lebt in Tripoli, der zweitgrößten Stadt und dem zweitgrößten Hafen des Libanon. Vor zehn Jahren gründete sie die Organisation *MARCH*: „Alles begann 2014 mit einer einfachen Idee. Ich beschloss, mit Hilfe des Theaters zu versuchen, Kämpfer:innen zweier gegnerischer Fraktionen in Tripoli zu versöhnen, die sich über ihre jeweiligen Interpretationen des Bürgerkriegs in Syrien stritten."
Die Menschen, die Baroudi damals mit ihrem Kunstprojekt ansprechen wollte, kämpften gegeneinander, mit Worten und mit Waffen. Die Vorurteile waren tief. Sie lebten im alawitischen Viertel Jabal Mohsen, das sich als loyal dem syrischen Regime gegenüber positionierte und dem sunnitischen Viertel Bab el Tabbaneh, das auf der Seite der Opposition stand. Viele von ihnen hatten an der Front in Syrien gekämpft, auf unterschiedlichen Seiten. Ihre Wohnquartiere sind nur durch eine Straße getrennt, die, wie Baroudi sagt, „ironischerweise" Syrien-Straße heißt. „Als ich beschloss, in einer der schwierigsten Regionen des Libanon zu arbeiten, dachten die meisten Menschen um mich herum, ich würde eine unmögliche Aufgabe angehen." Nach vielen Hindernissen konnte Baroudi schließlich 16 junge Ex-Kombattant:innen davon überzeugen, in einem Theaterstück mitzuspielen, das von ihrem Leben inspiriert sein sollte.

„Der wahre Gegensatz von Frieden ist nicht der Krieg, sondern die Angst." – Dalai Lama

„Es ist nicht einfach zu verstehen, warum Menschen so extrem in ihrem Denken und Handeln werden", sagt Baroudi. „Doch mittlerweile bin ich mir sicher, es sind keine ideologischen Gründe! Wir denken, es würde um Religionen gehen oder Nationalität. Das wäre die Motivation, warum Menschen sich Terrororganisationen wie ISIS anschließen. Doch ich denke, es ist im Grunde ein Mangel an Identität, eine erlebte Ungerechtigkeit, ein Mangel an Hoffnung. All dies geschürt durch Angst, die sie leicht manipulierbar macht. Sie erfahren dann in den extremistischen Gruppen plötzlich ein Gefühl von Wert. Außerdem erhalten sie dadurch ein kleines finanzielles Einkommen." Das Leben vieler Menschen in Tripoli ist von großer Armut geprägt. Ganze 15 Jahre – von 1975 bis 1990 – herrschte im Libanon ein Bürgerkrieg. Die Folgen dieser Zeit prägen bis heute das Leben vieler Einwohner:innen. In Tripoli sind fast 70 Prozent der Bevölkerung von Arbeitslosigkeit betroffen, ein Drittel lebt in extremer Armut und hat keinen Zugang zu Gesundheitsversorgung. Viele junge Menschen besitzen nicht einmal einen Personalausweis oder eine Geburtsurkunde. „Das ist ein fruchtbarer Boden für extremistische Rekrutierung – eine Rekrutierung der Armen, der Frustrierten, der Hoffnungslosen."

Sie wussten nicht, dass es unmöglich war, und deshalb haben sie es getan. – Mark Twain

Der Start des Kunstprojekts, das Lea Baroudi mit ihrem Team ins Leben gerufen hat, war holprig. Sie hielten ein Vorsprechen ab und die Menschen tauchten nur zögerlich auf. „Viele kamen aus purer Neugierde, weil sie sich fragten: Wer sind diese Verrückten aus Beirut?!", erinnert sich Baroudi. So kam einer der ausgewählten Bewerber:innen am Ende des Vorsprechens zu ihr, legte seine Waffe auf den Tisch und sagte: „ Und jetzt erzählt mir, was ihr wirklich hier von uns wollt. Ich habe selbst noch nie ein Theaterstück gesehen und jetzt denkst du ernsthaft, ich könnte selbst ein Schauspieler sein?" Immer mehr erkannte Baroudi die größte Hürde ihres Projekts: Die Menschen waren der tiefen Überzeugung, wertlos zu sein. Sie dachten, niemand würde sich für ihr Leben interessieren, geschweige denn kommen, um sie auf der Bühne zu sehen.

Bild: SHARE Conference ©

So begannen die Proben. Die angehenden Schauspieler:innen kamen am Anfang oft zu spät oder gar nicht. Das Team ging zu ihnen nach Hause und bestärkte sie unermüdlich in ihrem Vorhaben. „Ich erinnere mich noch lebhaft an die surreale Erfahrung, an der Tür des Proberaums zu stehen und sicherzustellen, dass sie unbewaffnet waren." Nach und nach änderte sich die Stimmung. Die Teilnehmer:innen übernahmen immer mehr Verantwortung und Aufgaben. Durch Methoden des biografischen Theaters kamen sie in Bewegung, fingen an, einander ihre Geschichten zu erzählen, kanalisierten Ärger und Frust, weinten und lachten zusammen. Es entstand eine Komödie: „Es gab Auf und Abs. Doch trotz anfänglicher Spannungen und Widerstände ermöglichte das Projekt ihnen, die Barrieren der Angst zu überwinden. Dabei erkannten sie, dass sie sich viel ähnlicher waren, als sie dachten. Durch diese Erfahrung gelang es Kämpfern, Schauspieler zu werden und aus Feinden wurden Freunde." Im Juni 2015 wurde das Stück „Love and War on the Rooftops" uraufgeführt und tourte mit großem Erfolg durch das ganze Land. Es gab ausverkaufte Vorstellungen, Standing-Ovations.

„People for once saw them as humans" – Lea Baroudi.

(dts. etwa:
Die Leute sahen sie endlich als Menschen.)

Diese Erfahrung markierte den Beginn der NGO *MARCH* und ihres Konzepts „Theater für Versöhnung". Bisher hat *MARCH* sechs Theaterstücke hervorgebracht, die die verschiedenen Gemeinschaften im Libanon einbeziehen und ihnen „Frieden bringen", wie Lea Baroudi es ausdrückt. Was als einzelnes Theaterprojekt begann, hat sich weiterentwickelt. Heute betreibt *MARCH* zahlreiche Kulturprojekte und ein eigenes Kulturcafé an einer ehemaligen Demarkationslinie von Tripoli. So schufen sie einen sicheren und integrativen Raum für Männer und Frauen. Es ist „das Zentrum unseres ganzheitlichen Friedensförderungsprogramms,", erklärt Baroudi.

„Frieden kann nicht durch Gewalt erreicht werden, er kann nur durch Verständnis erreicht werden." – Albert Einstein

Die persönliche Entwicklung der Teilnehmenden an ihren Kulturprojekten, die Lea Baroudi beschreibt, kann wissenschaftlich als „transformatives Lernen" bezeichnet werden. Nach Mezirow (2012) beschreibt dies einen Prozess, bei dem Menschen ihre gewohnten Perspektiven, Denkgewohnheiten und Einstellungen verändern, um sie integrativer, differenzierter, offener, emotional veränderungsfähiger und reflektierter zu machen.
Die Sozialwissenschaftlerin April Hyoeun Bang hat untersucht, wie Musik, zusammen mit anderen Kunstformen, kooperative Bedingungen und Beziehungen fördern kann. Sie stellt fest: „Kooperative Beziehungen neigen dazu, kooperative Beziehungen zu erzeugen, während kompetitive Beziehungen dazu neigen, kompetitive Beziehungen zu erzeugen." Wendet man dieses Prinzip auf das Verhalten in Musikgruppen wie einem Chor, einer Band oder einem Orchester an, ist eindeutig, dass die Zusammenarbeit essentiell ist. Wie im Sport (s. S. 86) wird auf ein gemeinsames Ziel hingearbeitet – und darüber hinaus. Hyoeun Bang schreibt: „Unabhängig davon, ob die Menschen, die sich an der künstlerischen Aktivität beteiligen, bereits intrinsisch zur Kooperation motiviert sind oder nicht, lernen sie dennoch, wie sie kooperieren können oder verbessern ihre Fähigkeit, dies zu tun, durch das Projekt."

So erging es auch den Theaterspieler:innen in Tripoli. Was auch immer ihre angehende Motivation war, ob Neugierde oder vielleicht einfach Langeweile: Sie fanden sich unwillkürlich in einem Prozess wieder, der ihre Kooperation und ihr Verständnis füreinander forderte. Doch wie genau funktioniert dieser fast schon magische Prozess? Kunstbasierte Ansätze umfassen eine Vielzahl von ganzheitlichen, körperbezogenen Werkzeugen, die kreativen Ausdruck fördern. Sie reichen von bildender Kunst, Theater, Musik, Tanz und Poesie bis hin zu den Geisteswissenschaften. Besonders in Konfliktsituationen dienen sie als ein wirkungsvolles Mittel, um Vorstellungskraft, Intuition und auch Empathie zu entfalten. Dabei können diese Mittel kulturübergreifend angewandt werden, denn in allen heute bekannten Kulturen gibt es verschiedene Kunstformen, teilweise kommen sie sogar ohne Sprache aus. Und selbst kleine Kinder sind in ihrem Spiel musikalisch, theatral, tänzerisch und bildend unterwegs.
Um die volle transformative Wirkung der Kunst wissenschaftlich zu erklären und zu festigen, sei „mehr empirische Forschung" notwendig, meint die Sozialwissenschaftlerin April Hyoeun Bang. Doch Erfahrungsberichte und historische Beispiele dafür gibt es viele. So nahm Hyoeun Bang selbst im Rahmen ihrer Forschung an einer Fortbildung zur „Kraft von Musiktheater als Konflikttransformation" teil und beschrieb das Erlebte wie folgt: „Ich empfand meine Erfahrungen in den Workshops der Konferenz als transformativ. Darüber hinaus glaube ich, dass sie mir geholfen haben, zusätzliche Einsichten und Perspektiven zu entdecken, um komplexe Konfliktsituationen effektiver zu bewältigen und auch andere darin zu unterrichten. Es ermöglichte mir sogar, mich direkt mit einer persönlichen Konfliktsituation und deren Lösung auseinanderzusetzen."

Die Dinge haben nur den Wert, den man ihnen verleiht. – Molière

„Leider müssen wir Ihnen mitteilen, dass wir für Ihren Antrag auf (...) keinen positiven Bescheid ausstellen können. Es wurden viele interessante und kreative Projekte eingereicht, die uns die Entscheidung für die Förderung nicht leicht gemacht haben."
Mit klopfendem Herzen hatte Anna die Mail geöffnet, langsam sickert das eben Überflogene in ihr Bewusstsein: Das war's. Stunden der Planung, des Schreibens von Seiten langen Anträgen, der Teammeetings – alles scheinbar umsonst. Ihr Kunstprojekt, an dem 15 weitere Personen beteiligt sind, das die Hälfte ihres Einkommens im nächsten Jahr ausgemacht hätte, ist abgelehnt worden.
So wie Anna geht es gerade 2307 Personen, sie alle erhalten einen Ablehnungsbescheid von einer Kulturstiftung für ihr Projektvorhaben. Hat es am Inhalt gelegen? An der Budgetplanung? Haben sie irgendwo einen Fehler gemacht? Das Warum werden sie im Bescheid nicht erfahren. Die freie Kunstszene in Deutschland leidet. Momente wie diese gehören seit jeher zum Alltag freier Künstler:innen dazu. Planungssicherheit gibt es so gut wie nie. 2024 hat sich diese Situation jedoch weiter verschärft. Im nächsten Jahr will der Bund das Budget für die freie Kunstszene in Deutschland um rund 50 Prozent kürzen. Zahlreiche Theater, Kunstkollektive und Festivals stehen damit vor dem Aus. Im Sommer 2024 kam es deswegen zu zahlreichen Demonstrationen. „An der freien Kunst zu sparen kostet zu viel", kritisierte unter anderem eine *Campact* Petition mit 36,605 Unterzeichner:innen. Unter anderem

ist geplant, dem *Bündnis internationaler Produktionshäuser*, einem seit Jahren erfolgreichen Kulturmodell und Zusammenschluss der größten freien internationalen Produktionshäuser, im zehnten Jahr seines Bestehens alle Bundesmittel vollständig zu streichen. Zahlreiche offene Briefe erreichten auch im November 2024 die Politik und Entscheidungsträger:innen. Denn Künstlerinnen und Künstler sind sich einig: „Fällt die Kultur, fällt die Demokratie".

Die „brotlose" Kunst wird seit jeher gesellschaftlich belächelt oder, man könnte fast sagen, konsequent abgewertet. Warum gerade das jedoch so gefährlich ist, zeigt sich schnell bei unserem vorangegangen Blick auf Kunst als Mittel zur Konfliktlösung. Kreativität ist ein menschliches Grundbedürfnis. Auch wenn es in der Wissenschaft nicht als „Existenzbedürfnis" beschrieben wird (dazu zählen nur Atmen, Essen, Schlafen, Trinken und Wärme) spielt es doch eine entscheidende Rolle bei dem Bedürfnis der Selbstverwirklichung. In „Anatomie der menschlichen Destruktivität" beschreibt der Sozialpsychologe Erich Fromm das „Streben nach Spannung und Erregung" als Grundbedürfnis, das sowohl konstruktiv (etwa durch Kreativität und Engagement) als auch destruktiv (wie in Vandalismus oder Grausamkeit) zum Ausdruck kommen kann. Heute nennt man dies Selbstwirksamkeit: das Bedürfnis, das Leben aktiv zu beeinflussen, um Kontrolle, Freude und Anerkennung zu gewinnen. Kunst, sei es Theater, Musik, Tanz oder bildende Kunst, ist mehr und mehr in der Therapie anerkannt, auch als Mittel der Konfliktlösung. Ein berühmtes Beispiel ist Augusto Boals Konzept des „Theaters der Unterdrückten". Seit über 40 Jahren unterstützt diese Form des interaktiven Theaters Gemeinschaften darin, sich ihrer sozialen Bedingungen bewusst zu werden und gemeinsam Lösungen zu erarbeiten.

„Wenn ich mich traue, kraftvoll zu sein, meine Stärke in den Dienst meiner Vision zu stellen, dann wird es immer unwichtiger, ob ich Angst habe."

– Audre Lorde

„Wir, die wir an die Freiheit glauben, können nicht ruhen, bis sie kommt"

– Ella Barker

Die Situation in Deutschland und im Libanon ist nicht vergleichbar. Doch die Notwendigkeit, die Kunst und ihre Akteur:innen zu stärken, bleibt – weltweit. Die Menschen im Libanon befinden sich heute in einer Wirtschaftskrise, die von der *Weltbank* vor zwei Jahren als eine der weltweit schwersten seit Mitte des 19. Jahrhunderts eingestuft wurde. „Zu Beginn war es schwierig, da die Faktoren Konflikt und Radikalisierung mit voller Wucht zurückkehrten. Die Krise führte vielerorts zu Verlusten – von Geld, Arbeitsplätzen und Lebensgrundlagen – und schürte bei den Menschen Gefühle von Wut, Verzweiflung und Ungerechtigkeit, die zu den wichtigsten Konfliktfaktoren gehören." erzählt Lea Baroudi. „Als Reaktion darauf musste ich unsere Arbeit und Projekte anpassen. Zusätzlich zu den Mediations- und Konfliktlösungsprozessen habe ich Berufsbildungsprogramme in den Bereichen Design, Bau und Tourismus eingeführt. Darüber hinaus habe ich drei Sozialunternehmen in diesen Bereichen gegründet, um jungen Menschen, ehemaligen Kämpfern und der breiten Bevölkerung zu helfen, weiter zu arbeiten, produktiv zu sein und unsere friedensfördernden Bemühungen zu unterstützen. An diesen Initiativen, die es den Teilnehmenden auch ermöglichen, ihre Versöhnungsgeschichten zu erzählen, sind heute über 150 Menschen beteiligt. Um wirksam zu sein, müssen friedensfördernde Ansätze allumfassend sein."

Seit einem Jahr beschießen sich die israelischen Streitkräfte und der libanesische Hizbullah. Die Angriffe trafen zunächst vor allem das Grenzgebiet, haben sich zuletzt aber stark ausgeweitet. Der nun seit August 2024 andauernde Angriff des israelischen Militärs auf den Libanon und seine Zivilbevölkerung hat verheerende Ausmaße angerichtet. Auch ein Geflüchtetenlager in Tripoli wurde beschossen. Und Organisationen wie *MARCH?* Machen unermüdlich weiter. Erst kürzlich im November 2024 errichteten sie gemeinsam mit dem libanesischen Militär Solaranlagen auf den Dächern von öffentlichen Gebäuden in Tripoli. „Unsere Unterschiede sind wichtig, aber was uns vereint, ist viel wichtiger", schreibt *MARCH* auf Social Media. Sie klären über ihre Kanäle aktuell auch über gefährliche und kriegstreibende Fake News auf.
Am 11. November 2024 posteten sie ein Video auf Instagram mit der Überschrift „Einst bewaffnete Kämpfer und Feinde gespalten durch den Krieg, verbreiten nun vereint Solidarität und Unterstützung in Zeiten des Kriegs."
Denn, so drückt es einer der Teilnehmenden aus: „Die Menschheit ist eine Identität."

Wie sich Gläubige gegen Gewalt einsetzen

Friede sei mit dir

Religion wird in Kriegen und Konflikten oft als treibende Kraft für Gewalt wahrgenommen. Sie kann aber auch ganz anders wirken: Wir stellen sieben Beispiele vor, die zeigen, wie sich Gläubige und religiöse Gemeinschaften für Frieden eingesetzt haben.

Rebecca Wolfer

„Gott ist gefährlich“ – das sagt zumindest der Soziologe Ulrich Beck. Auf den ersten Blick scheint das zu stimmen, denn oft wird Religion als Auslöser für Gewalt und Kriege gesehen. Doch laut der Bertelsmann-Stiftung sind nur elf Prozent der Kriege tatsächlich auf religiöse Ursachen zurückzuführen. Stattdessen geht es meistens um die Verteilung von Ressourcen, Landbesitz und Macht. Wenn Kriege aber religiös aufgeladen werden, lassen sich Menschen oft leichter von ihrer Notwendigkeit überzeugen – denn wenn es plötzlich um „Gut gegen Böse“ geht, kann selbst Gewalt besser gerechtfertigt werden. Wie jede Ideologie wird Religion in den falschen Händen dann zum Instrument für Unterdrückung oder zum Argument für gewaltvolle Vergeltung – ganz nach dem Motto „Auge um Auge, Zahn um Zahn“.

Aber genau diese Kraft, Menschen zu bewegen, kann auch anders eingesetzt werden. Religion kann Gemeinschaften zusammenbringen und motivieren, sich für das zu engagieren, was alle großen Glaubensrichtungen eben auch lehren: Frieden und Versöhnung. Im Christentum wird das zum Beispiel durch das fünfte Gebot „Du sollst nicht töten“ deutlich. Auch der Koran betont die Wichtigkeit des Friedens, etwa in der Sure 42:40: „Und wer vergibt und Versöhnung stiftet, dessen Lohn ist bei Allah“. Im Hinduismus, Jainismus und Buddhismus ist „Ahimsa“ (Gewaltlosigkeit) eines der wichtigsten Prinzipien und findet sich in vielen zentralen Schriften.

Doch wie können diese Lehren in die Tat umgesetzt werden? Das zeigen unsere Beispiele aus der ganzen Welt.

Asien

Nach dem Terror

Der Mönch Maha Ghosananda brachte den Buddhismus zurück nach Kambodscha – und mit ihm eine Friedensbewegung, die das gesamte Land durchzog. In den 1970er Jahren wurde Kambodscha von den Roten Khmer unter dem Diktator Pol Pot regiert. Der Schreckensherrschaft fielen rund zwei Millionen Menschen zum Opfer, etwa ein Viertel der Bevölkerung. Pol Pot verbot unter anderem die Ausübung von Religion, zerstörte Klöster und religiöse Texte. Maha Ghosananda absolvierte zur Zeit der Roten Khmer seine Ausbildung als buddhistischer Gelehrter in Indien. Nach dem Zerfall des Regimes kehrte er nach Kambodscha zurück und veranstaltete in den 90er Jahren jährliche „Friedensmärsche". Gemeinsam mit hunderten Anhänger:innen setzte er sich so für die Zerstörung von Landminen, für die Teilnahme an demokratischen Wahlen, für Umweltschutz und für eine Versöhnung mit den Roten Khmer ein.

Gebete und Blumen gegen Panzer

Ferdinand E. Marcos regierte die Philippinen 21 Jahre lang als Diktator. Seine Absetzung im Jahr 1986 ging als „Rosenkranz-Revolution" in die Geschichte ein, denn dabei spielte auch die katholische Kirche eine entscheidende Rolle. Auf internationalen Druck setzte Marcos im Februar 1986 kurzfristig Neuwahlen an. Doch nach Berichten über Wahlbetrug kam es einige Tage später zu einem Wendepunkt: Teile des Militärs forderten Marcos' Rücktritt und verschanzten sich auf einer Militärbasis. Kardinal Jaime Lachica Sin rief daraufhin die Bevölkerung auf, den Soldaten Schutz zu bieten und Nahrung zu bringen, was sofort geschah. Marcos befahl seinen Einheiten schließlich, das Camp zurückzuerobern. Als Panzer in Richtung des Lagers vorrückten, strömten unzählige Zivilist:innen auf die Straßen, darunter viele Nonnen und Priester. Sie stellten sich den Panzern unbewaffnet entgegen, beteten den Rosenkranz, sangen und boten den Soldaten Brot und Blumen an. Angesichts des gewaltlosen Widerstands verweigerten die Marcos-treuen Einheiten den Befehl, einige wechselten sogar die Seiten – die jahrzehntelange Herrschaft des Diktators war zerfallen.

Fatwas für den Frieden

Die Imam-Ali-Moschee im irakischen Nadschaf ist ein beeindruckendes, goldenes Gebäude – und eines der wichtigsten Heiligtümer der Schiiten. Nach den Sunniten sind die Schiiten die größte islamische Glaubensgruppe und machen rund 15 Prozent der Gläubigen aus. Die Spaltung der beiden Konfessionen entstand nach dem Tod des Propheten Mohammed und aus der Frage, wer sein rechtmäßiger Nachfolger werden soll. Die Imam-Ali-Moschee war 2004 Schauplatz wochenlanger Kämpfe zwischen einer schiitischen Miliz und dem US-Militär. Als sich die irakischen Truppen schließlich in der Moschee verschanzten, stand ein Sturm der US-Amerikaner auf das Heiligtum kurz bevor. Doch der Konflikt konnte durch den Religionsführer der irakischen Schiiten beendet werden. Der Großajatollah Ali Al-Sistani sprach Fatwas (religiöse Gutachten) gegen die Anwendung von Gewalt aus und bewegte Tausende seiner Anhänger zu einem Friedensmarsch zur Moschee. Daraufhin zog sich die schiitische Miliz aus der Moschee zurück und das US-Militär brach seinen Angriff ab.

Südamerika und Afrika

In letzter Sekunde

Der Plan stand fest: Am 22. Dezember 1978 waren argentinische Flotten auf dem Weg, um drei Inseln vor Feuerland zu besetzen. Damit wäre der Konflikt eskaliert, in dem sich Argentinien und Chile seit Jahrzehnten befanden. Beide Länder erhoben Anspruch auf die Inseln Lennox, Picton und Nueva. Kurz bevor der Angriff stattfinden sollte, schaltete sich Papst Johannes Paul II. ein. Er telefonierte mit dem chilenischen Diktator Augusto Pinochet und dem argentinischen Diktator Jorge Rafael Videla. Sein Aufruf zum Frieden zeigte Wirkung – die Flotte drehte um und ein Krieg konnte verhindert werden.

1984 unterschrieben die Außenminister beider Länder schließlich einen Friedens- und Freundschaftsvertrag. Er sprach die drei Inseln Chile zu, das umliegende Meer ging an Argentinien.

Gewaltloser Regimewechsel

Ende der 1980er Jahre kam es zu Unruhen in der Bevölkerung von Benin: Die wirtschaftliche Lage war schlecht und die Menschen waren unzufrieden mit dem kommunistischen Regime. Um einen friedlichen Machtwechsel einzuleiten, berief der katholische Erzbischof Isidore de Souza 1989 eine Nationalkonferenz ein. An ihr nahmen rund 500 Delegierte aus verschiedenen gesellschaftlichen und politischen Gruppierungen des Landes teil. Die Versammlung war ein Erfolg und leitete den friedlichen Übergang zu einem demokratischen Staat ein.

Frieden durch Dialog

Dekha Ibrahim Abdi wurde 1964 im kenianischen Wajir an der Grenze zu Somalia geboren. Ihre Kindheit war geprägt von einem gewaltvollen Konflikt zwischen der kenianischen Regierung und somalischen Rebellen, die die Region abspalten wollten. Auch nach Ende des Krieges kam es immer wieder zu gewaltsamen Auseinandersetzungen zwischen den Konfliktparteien und verschiedenen lokalen Gruppen.

In den 1990er Jahren gründete die Muslima deshalb zusammen mit anderen Frauen einen Nothilfeausschuss, dem muslimische und christliche Frauen angehörten. Sie organisierten gemeinsame Gebete und begannen, kleinere Konflikte in ihrer Gemeinde zu schlichten. 1992 führte Dekha Ibrahim Abdi schließlich eine größere Friedensinitiative an, die Menschen verschiedener Gruppen, Religionen und Ethnien zusammenbrachte. Trotz Widerstände der Ältesten erreichten sie ein Friedensabkommen und gründeten das Wajir Peace Committee, an dem unter anderem Personen aus lokalen Regierungen, Religionsgemeinschaften und Nichtregierungsorganisationen teilnahmen.

Heute gibt es ähnliche Komitees in ganz Kenia und sogar in Somalia, Uganda, Äthiopien, dem Sudan und Südafrika. 2007 wurde Dekha Ibrahim Abdi für ihre Arbeit der Alternative Nobelpreis verliehen.

Eine Gemeinschaft für den Frieden

Die katholische Gemeinschaft Sant'Egidio hat geschafft, was den *Vereinten Nationen* nicht gelungen ist: Sie half dabei, den Bürgerkrieg in Mosambik zu beenden. Der Konflikt begann 1977, zwei Jahre, nachdem das ostafrikanische Land seine Unabhängigkeit von Portugal erlangt hatte. Die Regierungspartei Frelimo, die das Land kommunistisch regieren wollte, kämpfte gegen die Rebellengruppe Renamo, die die neue Politik gewaltsam ablehnte.

Angesichts der verheerenden Auswirkungen des Konflikts auf die Bevölkerung vor Ort schickte Sant'Egidio Nahrungsmittel und Medikamente nach Mosambik. Dadurch konnte die Gemeinschaft das Vertrauen sowohl der Regierung als auch der Rebellen gewinnen. Sie schlug beiden Parteien Friedensverhandlungen vor, die im Jahr 1990 im Kloster von Sant'Egidio in Rom begannen. Mit Erfolg: Zwei Jahre später unterzeichneten Präsident Chissano und der Rebellenführer Dhlakama einen Friedensvertrag. In den darauffolgenden Jahren setzte sich die Gemeinschaft Sant'Egidio außerdem für Friedensverhandlungen in Guinea, Côte d'Ivoire und der Zentralafrikanischen Republik ein.

Best of

Good News Shots

Bild: HayDmitriy - depositphotos.com

In unserer Online-Ausgabe haben wir in den letzten Monaten immer wieder von erfreulichen Entwicklungen und positiven Nachrichten berichtet. Die Schönsten haben wir euch hier zusammengesucht:

Mara Betjemann

Europas Waldfläche wächst um neun Prozent in 30 Jahren

Die Waldflächenzunahme in der EU umfasst laut dem „Global Forest Resources Assessment 2020" der FAO (Forstabteilung der Ernährungs- und Landwirtschaftsorganisation der Vereinten Nationen) fast die Fläche von Österreich, der Slowakei und Slowenien zusammen. Damit trägt die gewonnene Waldfläche eine Größe, die mehr als einem Drittel des Kontinents entspricht. Und nicht nur das: Auch die Fläche der geschützten Waldgebiete ist in den letzten 20 Jahren um 65 Prozent gestiegen. Diese Flächen sind ausgewiesen zum Schutz der Artenvielfalt.

Studien zeigen, dass Kuscheln gut für die mentale und physische Gesundheit ist

Berührungen haben positive Effekte auf unsere emotionale und körperliche Gesundheit. Was für viele schon eine persönliche Selbstverständlichkeit war, ist nun auch wissenschaftlich bewiesen. Studien zeigen, dass bei Berührungen das Bindungshormon Oxytocin freigesetzt wird, welches Stress reduziert und das Gefühl von Vertrauen und Geborgenheit stärkt.

Paris erhöht die Parkgebühren für SUVs, um die Verkehrswende voranzutreiben

Die umfassende Verkehrswende, welche die Pariser Bürgermeisterin Anne Hidalgo anstrebt, zielt auf eine umweltfreundliche und sichere Nutzung des öffentlichen Raumes ab. Für besonders große Autos wie SUVs und große Limousinen – die dadurch nachgewiesenermaßen mehr $CO2$ ausstoßen – gibt es deswegen ab sofort höhere Tarife für Parkplätze: Im Stadtzentrum zahlen Fahrer:innen solcher Fahrzeuge nun 18 Euro pro Stunde. Die Stadt begründet die Entscheidung mit dem höheren Platzbedarf und der stärkeren Umweltbelastung.

Thailand: 50 Prozent weniger Teenager-Schwangerschaften

Die Zahl der Teenager-Mütter in Thailand ist in den letzten zehn Jahren drastisch gesunken. Dafür sorgten Aufklärungskampagnen und neue Gesetze seitens der Regierung. Diese garantieren fünf neue Rechte in Bezug auf sexuelle und reproduktive Gesundheit, darunter das Recht auf Information und Wissen und das Recht auf reproduktive Gesundheitsdienste. Auch intensive Kampagnen zur sexuellen Aufklärung trugen dazu bei, die Zahl der Teenager-Schwangerschaften um mehr als die Hälfte zu reduzieren: von 53,4 auf 21 Geburten pro 1.000 Mütter im Teenageralter. Bis 2027 soll die Zahl weiter sinken, auf unter 15 Geburten pro 1.000 Teenager-Schwangerschaften.

Pilotprojekt in Paris macht Bio-Lebensmittel bezahlbarer

„Bereits“ im Juli startete die Stadt Paris gemeinsam mit der Organisation „Aktion gegen Hunger“ ein Pilotprojekt im angrenzenden Département Seine-Saint-Denis, um gesunde Ernährung für Menschen mit geringem Einkommen bezahlbarer zu machen. 1.350 Einwohner:innen des besonders von Arbeitslosigkeit betroffenen Départements erhalten nun für die nächsten Monaten einen „Bio-Scheck“ in Höhe von 50 Euro pro Person, der in ausgewählten Bioläden eingelöst werden kann. Mit der „Vital'im“, wie der Scheck genannt wird, erhalten Teilnehmende des Projekts zudem 50 Prozent Rabatt. So soll Bio auch unabhängig vom Einkommen zugänglich werden.

Großbritannien wird kohlefrei

Nach über 140 Jahren Stromerzeugung aus Kohle schaltete Großbritannien Ende September sein letztes Kraftwerk ab. Damit ist das Vereinigte Königreich das erste große Industrieland, das den kompletten Kohleausstieg umsetzt. Die Gründe hierfür sind vor allem ökologischer Natur, aber auch die gestiegenen Kosten spielten bei der Entscheidung eine Rolle. Bis 2035 soll dann fast gar kein CO2 mehr durch die Stromproduktion entstehen – dafür setzt die neue Labour-Regierung vor allem auf den Ausbau von Solarkraft.

Erster Second-Hand Baumarkt in Hamburg eröffnet

Schrott bewahre! So heißt die Initiative, die den ersten Baumarkt für gebrauchte Materialien im Hamburger Stadtteil Hammerbrook eröffnet hat. Das Ziel der gemeinnützigen Materialkreislaufinitiative ist es, Materialreste insbesondere aus dem produzierenden Gewerbe, aber auch aus Messebau, Film und Theater aufzubereiten und zur Wiederverwendung und Weiterverwendung zur Verfügung zu stellen. Kund:innen können im Materialkatalog online stöbern oder zwei Mal pro Woche vorbeikommen und direkt vor Ort Materialien kaufen oder gegen eine Spende mitnehmen. Am 27. September öffnete das Lager seine Türen, seitdem sind bereits unzählige Sachspenden eingegangen.

Bildungsmaßnahmen für geflüchtete Menschen in Österreich

Im September startete eine neue Initiative von AMS und der Stadt Wien, die Geflüchteten Zugang zu Bildung und Schulungen geben und damit den Einstieg in den Arbeitsmarkt erleichtern soll. Bis zu 4000 Menschen im Alter von 15 bis 25 sollen an vier neuen Jugendcolleges an einer breiten Auswahl von Kursen teilnehmen können – von Sprachkursen über Näh- und Tischlerkurse zu Veranstaltungen, in denen Teilnehmende die grundlegenden Infos zum Arbeitsmarkt und Bewerbungsprozessen lernen. Zusätzlich soll es bald Kurse für bis zu 1000 Menschen über 25 geben. Dass das Projekt „Bildungscampus“ Erfolg haben kann, zeigt eine ähnliche Initiative, die bereits vor zwei Jahren anlief. Rund die Hälfte der Absolvent:innen dort habe bereits eine andere Qualifizierungsmaßnahme begonnen oder einen Job gefunden, erklärt die Leiterin des dortigen Bildungsprogramms.

Azoren planen größtes Meeresschutzgebiet im Nordatlantik

Es ist eine historische Entscheidung: Im Oktober verabschiedete die Regionalregierung der Azoren ein Gesetz, das fast 100 000 km² Meeresfläche unter Schutz stellen soll. Die 287.000km² große Meeresfläche rund um den zu Portugal gehörenden Azoren-Archipel ist bekannt für ihre Biodiversität. 30 Prozent davon sollen nun entweder völlig unter Schutz gestellt oder stark geschützt werden. Bislang sind weniger als drei Prozent des Meeres und der Meeresböden geschützt. Bis 2030 sollen es 30 Prozent sein, so ist es im Globalen Biodiversitätsrahmen von 2022 festgelegt, den 196 Staaten unterschrieben haben. Mit ihrer Entscheidung wollten die Azoren nun eine Vorreiterrolle einnehmen, um dieses Ziel realisierbar zu machen, erklärt José Manuel Bolieiro, Präsident der Regionalregierung der Azoren.

KI-Modell erkennt Hirntumore schneller und genauer

Ein innovatives Modell zur Diagnose und Behandlung von Hirntumoren kann die Erkennungszeit für befallenes Gewebe um ein Drittel reduzieren: Binnen 10 Sekunden liefert die von Forscher:innen in Wien entwickelte KI vorläufige Ergebnisse für entnommene Gewebeproben – ein während hochkomplexer Operationen entscheidender Zeitgewinn. Gleichzeitig erkennt die KI mit dem Namen „Fast Glioma“ befallenes Gewebe mit deutlich größerer Exaktheit. Bisher wurden Hochrisikotumore in rund 25 Prozent der Fälle übersehen. Unter Einsatz der KI sind es nur noch knapp 4 Prozent.

Bild: Chinnapong - depositphotos.com

Bild: monkeybusiness - depositphotos.com

Hinter den Türen des Schulprojektes „Empathie macht Schule“

„Wenn sich alles nur um Leistung dreht, spalten wir die Gesellschaft“

Bild: © Empathie macht Schule

Johanna Etzold, Co-Projektleiterin von „Empathie macht Schule“, erzählt im Interview, wie Empathie soziale Brücken baut und weshalb eine ideale Schule weder Noten noch Stühle haben sollte.

Lara Dehari

Mobbing und psychische Erkrankungen, Einsamkeit, Probleme in der Familie, Angst um die Zukunft – Kinder kämpfen heutzutage mit einer Vielzahl an Herausforderungen. Lehrer:innen arbeiten währenddessen unter Druck in oft viel zu großen Klassen. Auf ihnen lastet eine Verantwortung, auf die sie weder im Studium noch im Berufsalltag vorbereitet werden. Das Projekt „Empathie macht Schule" will das ändern. Lehrkräfte und Verwaltungspersonal an mehreren Berliner Grundschulen werden nach dem Konzept der dänischen Psychologin Helle Jensen dazu ausgebildet, Schüler:innen mit mehr Empathie zu begegnen und ihnen dabei zu helfen, durch den Dschungel des Erwachsenwerdens zu navigieren. Das Projekt wird seit 2019 durch die Senatsverwaltung für Bildung, Jugend und Familie Berlin gefördert und von der Universität Heidelberg wissenschaftlich begleitet.

Das *Good News Magazin* hat mit Johanna Etzold, Co-Projektleiterin des Schulprojektes „Empathie macht Schule" gesprochen. Sie erzählt im Interview, warum Empathie bei Lehrkräften anfängt, Konflikte absolut notwendig sind und wieso eine ideale Schule weder Noten noch Stühle haben sollte.

Über Johanna Etzold:

Johanna studierte Psychologie. Bereits während des Studiums beschäftigte sie sich mit der Freien Schule und Reformpädagogik – also alternativen Schulkonzepten – und arbeitete 15 Jahre als Lernbegleiterin, sowie in der Schulleitung der Freien Naturschule im StadtGut in Berlin Pankow. Johanna absolvierte eine Ausbildung zur Familientherapeutin am deutsch-dänischen Institut für Familientherapie. Seit 2018 arbeitet sie an dem Projekt „Empathie macht Schule" mit, seit 2023 als Co-Projektleiterin.

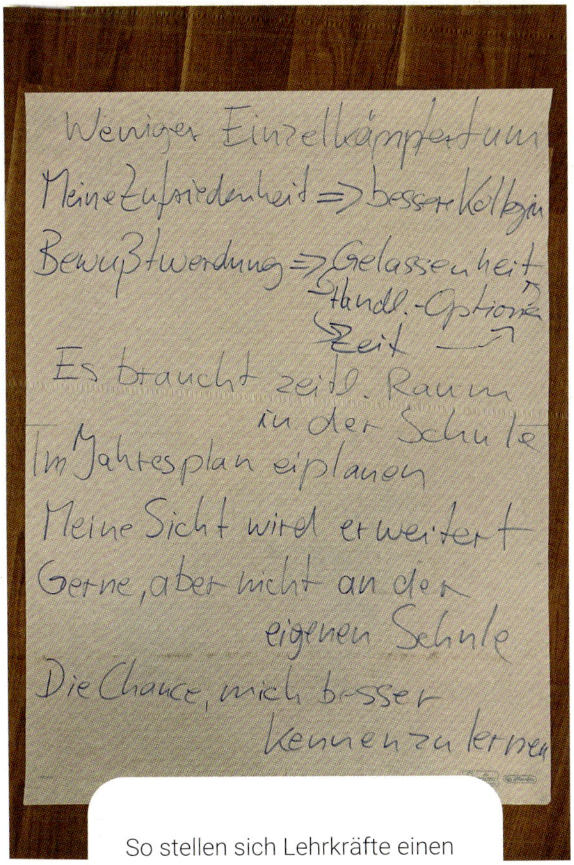

So stellen sich Lehrkräfte einen empathischen Arbeitsalltag vor.
© Empathie macht Schule

Good News Magazin: Johanna, wie bist du von der Schulleitung zu „Empathie macht Schule" gekommen?

Johanna Etzhold: Nach 15 Jahren als Lernbegleiterin in der Schule habe ich mich danach gesehnt, doch nochmal in den therapeutischen Bereich zu wechseln. In meiner Ausbildung zur Familientherapeutin habe ich Helle Jensen kennengelernt, die zu Empathie im Schulkontext forscht und das Projekt mitentwickelt hat. Sie hat mich dazugeholt. Damit hatte ich plötzlich die Möglichkeit, Schule in einem anderen Bereich zu gestalten, nicht nur an meiner kleinen Schule in Pankow. Seit 2023 leite ich jetzt gemeinsam mit meinem Kollegen Lukas Herrmann das Projekt und gebe unter anderem die Trainings für die Lehrkräfte.

GNM: Woran arbeitet ihr gerade konkret?

Johanna: Wir haben vor kurzem eine weitere Förderung vom Senat bekommen. Damit können wir das Projekt noch größer machen, weshalb wir unter anderem drei neue Schulen mit aufnehmen konnten. Über ein Jahr hinweg bilden wir Lehrkräfte, aber zum Beispiel auch Hausmeister:innen und Angestellte in der Verwaltung aus.

Atemübungen: Die Forschung zeigt – Kinder sind von Natur aus empathisch. © Empathie macht Schule

GNM: Wie kann man sich diese Ausbildung vorstellen?
Johanna: Das gesamte Personal an der Schule beschäftigt sich ein Jahr lang mit unterschiedlichen Fragen der Selbstfürsorge, Beziehungskompetenz und Empathie. Wir stellen uns Fragen wie: Wie können wir miteinander in den Dialog gehen? Wie können wir das Verhalten von Kindern und auch von Eltern verstehen? Wie können wir darauf reagieren?

GNM: Warum habt ihr euch dazu entschieden, statt mit den Kindern mit dem Schulpersonal zu arbeiten?
Johanna: Der Impuls muss von oben kommen und breitet sich dann bis zu den Kindern aus. Schulen haben oft sehr starre Strukturen. Auch deshalb ist es uns wichtig, in der Verwaltung zu starten. Würden wir mit den Kindern arbeiten, wäre es nur ein Tropfen auf den heißen Stein. Nach den Lehrkräften folgen Seminarleitungen, dann Schulleitungen. Auch mit den Eltern setzen wir uns zusammen. Am Ende wollen wir die Schulen von oben nach unten verändern.

GNM: Nehmt ihr durch diese Ausbildung konkrete Veränderungen bei den Lehrkräften wahr?
Johanna: Eine Lehrerin meinte vor Kurzem in der Runde „Zum ersten Mal verstehe ich, dass ich einen Klassenraum betreten kann und erst einmal gucken kann: Was brauche ich?“ Statt nur auf die anderen zu gucken, hat sie gelernt, zuerst auf sich selbst zu blicken und sich deshalb nicht schlecht zu fühlen.

> Kinder sind außerdem von Natur aus empathisch. Durch einen empathischen Umgang mit ihnen festigen wir diese Fähigkeit.

Wenn wir den Kindern unsere Grenzen kommunizieren können, dann lernen die Kinder auch, Grenzen zu setzen und ihre Bedürfnisse klar zu kommunizieren.

GNM: Lehrkräfte haben oft unglaublich viel Arbeit auf dem Tisch. Wie schafft ihr den Raum für Empathie im stressigen Alltag?

Johanna: Im Idealfall soll das Empathie-Training die Lehrer:innen entlasten. Das funktioniert natürlich nicht bei jedem. Aber wir bekommen immer wieder die Rückmeldung, dass Lehrer:innen jetzt besser auf sich selbst achten – und damit positive Energie in den Klassenraum bringen.

GNM: Gerade in großen Klassen ist es ja durchaus eine Herausforderung, zu so vielen Kindern eine Beziehung aufzubauen. Kannst du konkret beschreiben, wie sich Empathie im Arbeitsalltag der Lehrkräfte ausprägt?

Johanna: Man kann sich die Beziehung zwischen Lehrkraft und Schüler:in wie ein Seil vorstellen. Ein Kind, das in der Schule aufgebracht ist, verliert sozusagen den Boden unter den Füßen. Das Seil spannt sich. Als Lehrperson muss ich jetzt zusehen, dass ich es schaffe, selbst auf dem Boden zu bleiben. Und das geht nur, wenn ich zuerst auf mich selbst blicke und dann auf das Kind.

Die Lehrkräfte lernen in der Ausbildung, wie sie Herausforderungen mit den Kindern besser meistern können.
© Empathie macht Schule

GNM: Du hast ja vorher als Lehrerin gearbeitet. Hast du diese Entwicklung auch bei dir selbst wahrgenommen?

Johanna: Ich habe durch die Ausbildung gelernt, in solchen Situationen, Körper- und Atemübungen zu machen. Vor allem habe ich gelernt, dass zwei Minuten alles verändern können. Nur zwei Minuten und ich bin wieder voll bei mir selbst. Und ich merke sofort, dass diese Herunterregulierung auch bei meinem Gegenüber wirkt. Wenn ich angespannt bin, dann ist es viel schwerer, die Klasse zu beruhigen.

GNM: Was machst du jetzt genau, um in herausfordernden Situationen nicht mehr aus der Haut zu fahren?

Johanna: Ich habe durch die Ausbildung gelernt, in solchen Situationen, Körper- und Atemübungen zu machen. Vor allem habe ich gelernt, dass zwei Minuten alles verändern können. Nur zwei Minuten und ich bin wieder voll bei mir selbst. Und ich merke sofort, dass diese Herunterregulierung auch bei meinem Gegenüber wirkt. Wenn ich angespannt bin, dann ist es viel schwerer, die Klasse zu beruhigen.

GNM: Nimmst du das bei den Projektschulen auch im Umgang miteinander wahr?

Johanna: Was wirklich gut funktioniert, ist, dass die Schulleitungen ihre neue und veränderte Einstellung zur Alltag mitbringen und sie sich von dort quasi bis zu den Schüler:innen ausbreitet. Ich bekomme auch teilweise sehr schönes Feedback von Lehrkräften. Eine Lehrerin der Sachsenwald Grundschule, eine unserer Experimentalschulen, hat uns erzählt, dass sie erstaunt war, wie Lehrer:innen plötzlich anders miteinander kommuniziert haben. Sie erzählte mir, dass sie sich auf einmal gegenseitig zugehört haben und sich dadurch die Gesprächskultur vollkommen gewandelt hat.

GNM: Wie schafft ihr es denn, dass sich die Ausbildung dann auch wirklich im Schulalltag etabliert und nicht pulverisiert?

Johanna: Das passiert vor allem dadurch, dass die Ausbildung sehr praxisnah ist und die Lehrer:innen ganz konkrete Handlungsoptionen an die Hand bekommen. Wir arbeiten mit einem Dialog-Modell, das den Austausch zwischen Kolleg:innen fördert und aus vier Schritten besteht: Zuerst beschreibt die Lehrkraft eine herausfordernde Situation. Im zweiten Schritt blickt sie auf sich selbst. „Was hat das mit mir gemacht? Wie reagiert mein Körper? Wie atme ich in dem Moment? Welche Gedanken hatte ich? Welche Gefühle? Wie war mein Mitgefühl für mich selbst?“ Im dritten Schritt fragt sie sich, wie sie Verständnis für die andere Person aufbauen kann und im vierten, wie sie ihr jetzt anders begegnen kann. Dieses Modell enthält die gesamte Idee von „Empathie macht Schule“. Wir schicken die Lehrkräfte nach den einzelnen Modulen der Ausbildung in ihre Klassen und dort können sie das dann umsetzen. Die tägliche Übung hilft, das Gedankenmuster zu festigen.

GNM: Kann man das nur im Schulalltag üben?

Johanna: Das ist, finde ich, das Tolle daran. Empathie kann man in jeglichen Situationen praktizieren. Wenn ich am Bahnhof, während ich auf die Bahn warte, kurz zu mir selbst zurückkomme und ein paar Mal tief atme, dann ist auch das schon förderlich.

GNM: Ich nehme an, durch das Projekt verschwinden Konflikte nicht einfach. Wie verändert sich der Umgang mit ihnen?

Johanna: Ein Konflikt heißt eigentlich nur, dass zwei Menschen unterschiedliche Bedürfnisse haben. Die Frage ist also nicht „Haben wir Konflikte?“ sondern „Wie gehen wir damit um?“ Das beginnt bereits mit der Sprache. Wenn wir von Täter:in und Opfer sprechen, verschärfen wir den Konflikt. Stattdessen sollte es um Verantwortung gehen. Es gibt im Grunde zwei Wege mit Konflikten umzugehen: Sich und die andere Person zu reflektieren und mehr übereinander zu lernen oder sich zu schützen und damit vermutlich die andere Person zu verletzen. Übrigens glaube ich, dass Kinder eigentlich sehr gut darin sind, Konflikte zu lösen. Wir Erwachsenen greifen in der Regel viel zu schnell ein und nehmen den Kindern damit die Möglichkeit, eigenverantwortlich mit Konflikten umzugehen.

GNM: Was kann eine Schule denn am Ende des Tages leisten?

Johanna: Was ich an Schulen so toll finde, ist, dass sich dort die ganze Gesellschaft trifft. Aber klar, manchmal zweifle auch ich an der Fähigkeit von Schulen, Kinder für das Leben vorzubereiten. Ich fühle mich manchmal so, als würden wir mit unserem Projekt die Kinder füttern. Wie Goldfische in einem Aquarium mit giftigem Wasser. Danach können sie in dem toxischen Umfeld überleben. Klar wäre es schön, wenn unsere Gesellschaft andere Strukturen hätte, aber irgendwo müssen wir auch anfangen.

Wenn Schuleinheiten öfter in der Natur stattfinden würden, könnte das nicht nur Empathie zwischen den Kindern fördern, sondern auch zu ihrer Umwelt.
© Empathie macht Schule

GNM: Wie hat sich dein Blick auf Konflikte durch das Projekt verändert?

Johanna: Wir haben das Projekt kurz vor der Pandemie gestartet. Das heißt, wir haben diese intensiven Konflikte, die diese Zeit mit sich gebracht hat, auch miterlebt. Das waren natürlich oft unangenehme Konflikte. Da sind wir wieder beim „Ich muss mich schützen oder ich will lernen." Wenn ich lernen will, muss ich dieses Unwohlsein erst einmal akzeptieren und zuhören, ohne jemandem meine eigene Meinung aufzudrängen.

Ich glaube manchmal, unsere Gesellschaft hat große Schwierigkeiten, Unterschiedlichkeiten auszuhalten.

GNM: Was sollten Lehrkräfte tun, um mit Konflikten besser umzugehen?

Johanna: Für Lehrer:innen ist es oft sehr schwer, mit Konflikten umzugehen, die sie nicht lösen können. Ich hatte einmal ein Beratungsgespräch mit einer Lehrerin und die hatte ein Mädchen in ihrer Klasse, zu dem sie absolut keine Beziehung aufbauen konnte. Sie musste lernen, dass es manchmal auch okay ist, das einfach anzuerkennen, ohne es ändern zu wollen. Empathie kann man nicht erzwingen und man muss auch nicht mit jedem Menschen empathisch sein. Nach unserem Gespräch hat sich plötzlich etwas verändert. Der Druck war weg und der Kontakt zu dem Mädchen fiel ihr damit deutlich einfacher.

GNM: Wie sähe eine ideale Schule für dich aus?

Johanna: Keine Zensuren, keine Stühle. Weniger Leistung, mehr Fokus auf Beziehungen. Und mehr Raum für Flexibilität. Ich wünsche mir mehr Gesprächskreise und kleinere Gruppen. Wenn sich alles nur um Leistung dreht, spalten wir die Gesellschaft, denn nicht jede:r kann in dem Schulumfeld gut lernen. Alle Kinder haben unterschiedliche Startvoraussetzungen. Es ist unfair, sie auf Basis der gleichen Noten zu bewerten.

Wir Erwachsenen können den Job wechseln, wenn er uns keinen Spaß macht. Das können Kinder nicht. Für sie ist die Schule oft eine Qual.

GNM: Also mehr Spaß an der Schule fördern?

Johanna: Ja, genau. Jedes Kind hat andere Stärken. Eines kann vielleicht richtig gut backen, hat aber Schwierigkeiten mit Mathe und Deutsch. Wann haben wir entschieden, dass das eine mehr wert ist als das andere? Wenn wir Kindern schon früh das Gefühl geben, gute Menschen zu sein, alles lernen zu können, dann bewirkt das enorm viel.

GNM: Was hat es mit den Stühlen auf sich?

Johanna: Also wenn ich mir vorstelle, ich müsste den ganzen Tag sitzen, das finde ich einfach nur anstrengend. Klassenräume sollten viel flexibler sein und wir sollten mehr Unterricht an der frischen Luft veranstalten. Das fördert gleichzeitig die Empathie mit der Umwelt – und auch das Verantwortungsbewusstsein für die Natur und gibt den Kindern Energie.

GNM: Johanna, vielen Dank für das Gespräch und deine tiefen Einblicke.

Kinder im Sitzkreis: Johanna stellt sich eine ideale Schule ohne Stühle vor.
© Empathie macht Schule

„Mit Bio-Landbau Frieden schaffen“

Gemüse statt Gewehre

Wie ein philippinischer Bürgermeister mit biologischer Landwirtschaft einen kriegerischen Konflikt löste und Frieden und Wohlstand geschaffen hat.

Wo vorher ein erbitterter Bürgerkrieg stattfand, gibt es nun keine Armut und fast keine Kriminalität mehr. Was ein philippinischer Bürgermeister in der 27 000-Einwohner-Stadt Kauswagan mit ihren 13 Barangays (Dörfern) auf die Beine stellte, sucht seinesgleichen (und wird es wohl nicht finden) . Das Beispiel dieser Region bietet nicht nur Lösungen für weltweite essenzielle gesellschaftliche Herausforderungen. Es zeigt auch, dass die Ursache für kriegerische Konflikte oft ganz woanders liegen, als es oberflächlich erscheint.

Bernward Geier

Initiator und Mastermind dieser märchenhaft anmutenden Erfolgsstory ist Mayor (Bürgermeister) Rommel C. Arnado. Er ist ein großer Visionär, erfolgreicher Geschäftsmann und pragmatischer Macher, der 28 Jahre mit seiner Familie in den USA gelebt hat und bei einem Besuch in der Heimat desolate Verhältnisse vorfand. Ein jahrzehntelanger Bürgerkrieg zwischen islamischen Rebellen und Regierungstruppen hatte in der Provinz Lanao del Norte und speziell in Kauswagan sein Epizentrum. Als Rebellen der *Moro-Islamic Liberation Front* (MILF) die Stadt besetzten und 300 Geiseln nahmen, kam der philippinische Präsident persönlich nach Kauswagan und erklärte der *MILF* wortwörtlich „den totalen Krieg“. Das brachte natürlich keinen Frieden, sondern nur eine Fortsetzung des gewalttätigen Konfliktes und des Mordens.

Rommel Arnado hingegen hatte eine ganz andere Vision, nämlich die von einem „totalen Frieden". Obwohl er keinerlei politische Erfahrung hatte, beschloss er Verantwortung zu übernehmen und 2010 als Bürgermeister zu kandidieren. Wesentlicher Antrieb war sein Verständnis von politischer Verantwortung für das Wohlergehen der Menschen und seine profunde Abneigung gegenüber Korruption. Während alle im Bürgerkrieg primär einen Konflikt zwischen christlicher und islamischer Religion sahen, hatte Rommel Arnado eine andere Erkenntnis, nämlich, dass die tatsächlichen Ursachen der blutigen Auseinandersetzungen horrende Korruption, tiefe Armut und auch gravierender Hunger waren. So initiierte er sein wagemutiges und äußerst ambitioniertes Projekt „From Arms to Farms", welches man am besten mit „Schwerter zu Pflugscharen" übersetzt. Dabei gelang es ihm, mit den äußerst misstrauischen und von nicht erfüllten politischen Vereinbarungen bzw. Versprechungen enttäuschten Rebellenführern in den Dialog zu treten und sie für seine Idee zu gewinnen, mit Landwirtschaft und verantwortungsvoller Politik Frieden und Wohlstand nach Kauswagan und in die Region zu bringen.

Biolandbau für Frieden, Gesundheit und Wohlstand

Für Bürgermeister Rommel war klar, dass sein Landwirtschaftsprogramm nur zukunftsfähig ist, wenn es auf den natürlichen Methoden des biologischen Landbaus basiert und nicht von teuren Düngemittel-, Saatgut- und Pestizidkosten belastet wird. Die Rebellenführer in der Region und ihre Truppen wurden deshalb im biologischen Landbau ausgebildet und in ihre Dörfer re-integriert. Schlussendlich haben sich 15 Kommandanten der MILF mit ihren Truppen dem „From Arms to Farms" Programm angeschlossen, womit Tausende von Guerillakämpfern aufhörten zu kämpfen und zu töten und sich stattdessen dem Frieden verpflichteten.

Bürgermeister Rommel überzeugte sie jedoch nicht mit dem pazifistischen Ansatz „Frieden schaffen ohne Waffen", denn er hatte nicht verlangt, dass die Kämpfer ihre Waffen abgeben. Stattdessen forderte er sie auf: „I don't want you to surrender your arms, instead I want you to surrender your hearts" –(Ich will nicht, dass ihr eure Waffen abgebt, sondern euer Herz öffnet). Dieser Ansatz erwies sich als richtig und war deswegen auch erfolgreich, denn wenn man sein Herz gegenüber dem Feind öffnet, will und wird man ihn nicht mehr töten. Und das Unglaubliche gelang: Heute leben Christen und Moslems in der Region Kauswagan friedlich; solidarisch und freundschaftlich zusammen.

Vertrauen ist die Grundlage für Frieden

Die Rebellen, die zu ihren Wurzeln als Farmer zurückfanden, wurden nicht nur in der biologischen Landwirtschaft unterrichtet, sondern auch mit technischer Unterstützung durch einen Maschinenring sowie mit Krediten für Saatgut und biologischen Dünger unterstützt. Sie haben damit zum ersten Mal in ihrem Leben erfahren, dass ein Politiker sein Versprechen auch einhält. So ist es in erstaunlich kurzer Zeit gelungen, die komplette Landwirtschaft in Kauswagan zu 100 Prozent auf biologischen Landbau umzustellen. Diese Umstellung hat zu einem signifikanten Anstieg in der Produktion von Lebensmitteln geführt und damit die Einkommen der Farmer um 40 Prozent gesteigert. Dies hat zusammen mit Programmen für die circa 150 Fischer von Kauswagan einen erheblichen Beitrag dazu geleistet, dass es heute in Kauswagan tatsächlich keinen Hunger mehr gibt. All dies wurde unter anderem durch den Ausbau der Landwirtschaftsabteilung in der Stadtverwaltung möglich. Von 300 MitarbeiterInnen fokussieren allein 50 ihre Energie und Arbeitskraft auf den Landwirtschaftssektor inklusive einem landwirtschaftlichen Gymnasium mit 120 SchülerInnen. Gegenwärtig wird in Kooperation mit der staatlichen Universität von Mindanao ein Campus mit Schwerpunkt Landwirtschaft errichtet.

Weiterer Wohlstand entstand durch die Ansiedlung eines Kraftwerkes, bei dem heute 500 Menschen Arbeit finden sowie durch die Renaissance von Tourismus, der zu Zeiten des Bürgerkrieges komplett zum Erliegen gekommen war. Durch diesen Aufschwung entstanden viele Kleinunternehmen und Geschäfte in den unterschiedlichsten Branchen, die nun sichere Einkommen für die BewohnerInnen gewährleisten. Folglich hat der Bürgermeister seit seiner ersten Amtszeit 2010 (er ist inzwischen viermal wiedergewählt worden) das Steuereinkommen der Stadt von nahezu Null signifikant gesteigert –was heute viele Investitionen in die weitere Entwicklung von Kauswagan ermöglicht.

Bildung ist die Grundlage für die Entwicklung

Enorme Fortschritte gab es auch im Bereich der Alphabetisierung. Dafür wurde Kauswagan bereits viermal mit dem nationalen Preis für Bildung ausgezeichnet. Das auch auf den Philippinen gravierende Drogensuchtproblem bekam der Bürgermeister ebenfalls weitgehend in den Griff. Zum einen steht Drogenkonsum in engem Zusammenhang mit Armut und zum anderen hat er mit dem „Balay Silangan Center" ein weit über die Grenzen von Kauswagan hinaus bekanntes Rehabilitationszentrum geschaffen, dank dem auch Menschen aus anderen Städten und Provinzen eine Entzugstherapiestätte mit kostenfreier Behandlung finden. Mittlerweile gibt es in Kauswagan auch so gut wie keine Kriminalität mehr.

Ohne die Visionskraft, den Mut, die Klugheit und den gelebten Humanismus von Bürgermeister Rommel Arnado wäre dieses „Wunder von Kauswagan" nicht denkbar. Er selbst lässt aber keinen Zweifel daran, dass das alles nicht nur ihm zu verdanken ist, sondern nur möglich war, weil sich Menschen mit einem gemeinsamen Traum von Frieden zusammenfanden. Die Erfolgsgeschichte von Kauswagan hat demnach einen Vater und viele Eltern. Allen voran die Rebellenführer und die Barangay Captains (Ortsvorsteher) sowie das Stadtparlament und die Mitarbeiter der Kommunalverwaltung. Der Friedensprozess und die vorbildlich nachhaltige Entwicklung von Kauswagan hat auf den Philippinen und auch in Asien mittlerweile einen hohen Bekanntheitsgrad erreicht. Jetzt ist die Zeit gekommen ist, dass sich die ganze Welt von „From Arms to Farms" inspirieren lässt. Bürgermeister Rommel Arnado wird vom 27. Juni bis zum 8. Juli für eine Vortragsreise nach Deutschland, Holland und in die Schweiz kommen. So bietet sich die Gelegenheit, persönlich von Rommel Arnado mehr über diese motivierende Erfolgsgeschichte zu erfahren. Den Tourplan und weitere Informationen findet ihr unter *www.rommelontour.org*

Bernward Geier im Interview mit Rommel C. Arnado

Herr Arnado, als Sie 2010 Bürgermeister von Kauswagan wurden, standen Sie vor einer riesigen Herausforderung. Welche war das?

Ich war anfangs ein absolutes politisches Greenhorn. Die Menschen in Kauswagan lebten in permanenter Angst und rannten oft sprichwörtlich um ihr Leben, denn unsere Region war damals das Epizentrum eines kriegerischen Konfliktes zwischen den separatistischen Guerillakriegern der Moro Islamic Liberation Front und Regierungstruppen. Es gab null Vertrauen in die lokale Regierung. Die zentrale Herausforderung war, Frieden und Ordnung herzustellen und den Wiederaufbau zu organisieren.

Was war die Ursache für die Gewalt und Zerstörung?

Alle dachten religiöse und kulturelle Spannungen seien die Ursache des Konfliktes. Der Hauptgrund war aber die verzweifelte Lage der Bevölkerung aufgrund großer Armut. Das totale Versagen von Politik und Verwaltung hatte sogar zu einer Hungerkatastrophe und diese wiederum zum Krieg geführt.

Bernward Geier ist seit seiner frühesten Jugend engagierter Pazifist, Umweltaktivist und Pionier im ökologischen Landbau, Journalist, Buchautor & Filmemacher. Er war 18 Jahre Direktor des Weltdachverbandes für biologische Landwirtschaft (IFOAM – Organics International) und lebt seit über 20 Jahren mit der Familie auf einem Biohof im Bergischen Land.

In Ihrem Plan für Frieden und Wiederaufbau spielte der Öko-Landbau eine zentrale Rolle. Warum?
Ich musste wieder Vertrauen in die Politik herstellen und den Menschen ihre Würde zurückgeben. Wir wollten, dass Kauswagan nicht nur eine Region des Friedens, sondern auch ein Zentrum für sichere und gesunde Nahrungsmittelproduktion wird. Die Vision des „From Arms to Farms"-Programm beruht auf zwei Säulen: Frieden und nachhaltige Entwicklung. Uns war klar, dass biologische Landwirtschaft ein Schlüssel gegen Hunger ist. Dank des Bio-Landbaus konnten wir zusätzlich die Abhängigkeit ,die Kosten und die Umweltzerstörung von industriellen Anbaumethoden vermeiden und damit das Einkommen der bäuerlichen Familien um 40 Prozent steigern. Das bringt Resilienz und Ernährungssicherheit.

Was genau beinhaltet das Programm „From Arms to Farms"?
Wir boten den Rebellen an, ihre Waffen für Land und Ausbildung in Bio-Landbau niederzulegen. Das haben zunächst vier Kommandeure und 100 Guerillakämpfer akzeptiert. Dann wurden es 600 und schlussendlich legten ein paar tausend Guerillakämpfer die Waffen nieder. Es gelang uns also, mit Bio-Landbau Frieden zu schaffen.

Wie sieht es heute in Kauswagan aus? Wie hoch ist die Armutsrate?
Unsere Programme veränderten die sozio-ökonomische Situation total zum Besseren für die Bevölkerung. Die Armutsrate sank innerhalb von neun Jahren von fast 80 Prozent auf neun Prozent. Dies wurde unter anderem dadurch erreicht, dass alle Familien nun in der Lage sind, Lebensmittel selbst zu produzieren. Wir erreichten mit unserem Ausbildungsprogramm nicht nur die ehemaligen Rebellen, sondern letztendlich alle Bewohnerinnen und Bewohner der Region. Wir etablierten in den Dörfern Gemeinschaftsgärten und Bio-Höfe. Seit fünf Jahren ist es für jeden Haushalt obligatorisch, sich einem solchen anzuschließen oder sich aus einem eigenen Garten mit Lebensmitteln zu versorgen.

Sie arbeiten auch mit Naturland und Demeter zusammen? Worauf liegt der Fokus?
Mit den Öko-Verbänden Naturland und Demeter International kooperieren wir vor allem im Hinblick auf die Verbesserung unseres biologischen Landbaus. Wir entwickeln gemeinsam ein System der Zertifizierung und stellen schrittweise auf bio-dynamischen Anbau.

Kann Ihre Erfolgsgeschichte als Inspiration für andere Regionen dienen?
Viele Städte und Regionen in unserem Land übernehmen bereits unsere Strategien. Auch sind wir weltweit im Austausch mit interessierten Ländern wie Kolumbien, Guatemala, China, Mongolei und Brasilien. Gerne geben wir unser Wissen und unsere Erfahrungen weiter, insbesondere in Kriegsregionen, wovon es derzeit leider 30 in dieser Welt gibt.

Wie sehen Ihre weiteren Pläne aus?
Wir arbeiten daran, dass Kauswagan ein nationales Zentrum für ökologisches und nachhaltiges Lernen wird. Dafür bauen wir gerade mit der Universität ein Institut für biologische Landwirtschaft auf, mit der wir helfen wollen, dass sich viele Regionen auf den Weg zu 100 Prozent Bio-Landbau machen können.

Sie planen für dieses Jahr eine Vortragsreise nach Deutschland, Holland und in die Schweiz. Haben Sie auch Empfehlungen für den globalen Norden im Gepäck?
Mein Ratschlag für Politikerinnen und Politiker ist vor allem den Menschen zuzuhören und für die Sicherung der notwendigen Bedürfnisse zu sorgen. Historisch gesehen hat der globale Norden die natürlichen Ressourcen und die Menschen des Südens mit Kolonialismus extrem und brutal ausgebeutet. Das geschieht letztendlich leider auch heute noch und muss beendet werden.

Was sollte sich ändern?
Die meisten Länder im globalen Süden wollen sich ökologisch und nachhaltig entwickeln. Dafür muss die Unterstützung aus dem Norden signifikant verstärkt werden. Europa und gerade auch das wirtschaftlich so starke Deutschland sollten die nachhaltige Entwicklung im globalen Süden sowie die Bekämpfung der Klimakatastrophe weltweit mehr unterstützen.

Frauen gegen Krieg und Unterdrückung

Wie russische Frauen für Frieden kämpfen

Russische Frauen erheben mutig ihre Stimme gegen den Angriffskrieg sowie staatliche Repressionen und kämpfen gegen das Vergessenwerden

Luca Kramarz

Seit mehr als zwei Jahren führt Wladimir Putin einen fürchterlichen Angriffskrieg gegen die Ukraine. Mit jedem Tag erhöht sich die Anzahl der gefallenen Soldaten und damit auch die Zahl der hinterlassenen Frauen und Kinder. Angesichts dieser Entwicklungen scheint es fast unmöglich zu sein, einen Lichtblick zu finden. Russische Frauenbewegungen ändern dies durch Aktionen des zivilen Ungehorsams. Mit Blumen, Koptüchern und Manifestos setzen sie sich für den Frieden ein und zeigen, dass die Stimmen gegen Russlands Angriffskrieg auch innerhalb des Landes und trotz aller Repressionen nicht zum Schweigen gebracht werden können.

Ein Blick in die Vergangenheit

Es ist nicht das erste Mal in der russischen Historie, dass sich Frauen aktiv gegen kriegerische Auseinandersetzungen einsetzen. So spielten sie eine entscheidende Rolle in der Februarrevolution von 1917. Die Revolution, die im Februar mit Protesten begonnen hatte, gewann Momentum, als die Textilarbeiterinnen von St. Petersburg am 8. März 1917 in den Ausstand traten. Gestreikt wurde aufgrund der kriegsbedingten Hungersnot. Metallarbeiter und sogar Teile des russischen Militärs schlossen sich der Revolution an. Am 15. März 1917 dankte Zar Nikolaus II. ab – es bedeutete das Ende der Monarchie. Auch wenn die Errungenschaften der Februarrevolution nicht von langer Dauer waren, hatte der Einsatz der Frauen langfristige Auswirkungen. Denn nach der Oktoberrevolution im selben Jahr beschloss die neue Regierung wichtige Fortschritte für die Rechte von Frauen. So verdienten Frauen beispielsweise seitdem den gleichen Lohn für die gleiche Arbeit und Abtreibungen wurden legal und kostenlos. Vieles davon gilt in weiten Teilen der Erde weiterhin nicht.

Ein Blick in die Gegenwart

Auch heutzutage spielen Frauenbewegungen eine immer größere Rolle innerhalb der russischen Gesellschaft. Im Jahr 2022 machen Frauen laut Statistiken fast die Hälfte aller auf Antikriegsprotesten Festgenommenen aus. Die größte internationale Aufmerksamkeit erhielt derweil die Feministische Antikriegs-Bewegung (Feministkoje Antiwojennoje Soprotiwlenie, FAS). Dies ist insbesondere auf ihre schnelle Reaktion auf den Angriffskrieg zurückzuführen. Bereits wenige Stunden nach Kriegsbeginn veröffentlichten die Initiatorinnen ein Manifest, welches von tausenden Unterschriften begleitet wurde. Der Inhalt dieses Manifestes widerspricht der Rhetorik des Kremls vehement. So sprechen sich die Unterzeichnenden unter anderem für ein ukrainisches Recht auf Selbstbestimmung sowie eine Hoffnung auf ein friedliches Zusammenleben aus. Nach Angaben der *Moscow Times* wurde das Manifest in 30 verschiedene Sprachen übersetzt, worunter auch einige Sprachen russischer Minderheiten wie Tatarisch oder Udmurtisch fallen.

Auszug aus dem Manifest:

Russland hat seinem Nachbarn den Krieg erklärt. Es hat der Ukraine das Recht auf Selbstbestimmung und jedwede Hoffnung auf ein friedliches Leben abgesprochen. Wir stellen fest – und das nicht zum ersten Mal – dass die russische Regierung seit acht Jahren Krieg führt. Der Krieg im Donbass ist eine Folge der illegalen Annexion der Krim. Wir sind der Ansicht, dass Russland und sein Präsident sich für das Schicksal der Menschen in Luhansk und Donezk nicht interessieren und dies auch nie getan haben und dass die Anerkennung beider als Republiken acht Jahre später nur ein Vorwand für den Einmarsch in die Ukraine unter dem Deckmantel der Befreiung war.
Als russische Bürgerinnen und Feministinnen verurteilen wir diesen Krieg. Feminismus als politische Kraft kann nicht auf der Seite eines Angriffskrieges und einer militärischen Besatzung stehen. Die feministische Bewegung in Russland kämpft für benachteiligte Gruppen und die Entwicklung einer gerechten, gleichberechtigten Gesellschaft, in der Gewalt und militärische Konflikte keinen Platz haben dürfen.
Feministinnen sind heute eine der wenigen aktiven politischen Kräfte in Russland. Lange Zeit wurden wir von den russischen Behörden nicht als gefährliche politische Bewegung wahrgenommen und waren daher vorübergehend weniger von staatlicher Repression betroffen als andere politische Gruppierungen. Derzeit sind mehr als fünfundvierzig verschiedene feministische Organisationen im ganzen Land tätig, von Kaliningrad bis Wladiwostok, von Rostow am Don bis Ulan-Ude und Murmansk. Wir rufen russische feministische Gruppen und einzelne Feministinnen auf, sich dem Feministischen Widerstand gegen den Krieg anzuschließen und ihre Kräfte zu vereinen, um sich aktiv gegen den Krieg und die Regierung, die ihn begonnen hat, zu stellen. Außerdem rufen wir Feministinnen in der ganzen Welt auf, sich unserem Widerstand anzuschließen. Wir sind viele, und gemeinsam können wir viel erreichen: In den letzten zehn Jahren hat die feministische Bewegung eine enorme mediale und kulturelle Macht erlangt. Es ist an der Zeit, diese in politische Macht umzumünzen. Wir sind die Opposition gegen Krieg, Patriarchat, Autoritarismus und Militarismus. Wir sind die Zukunft, die sich durchsetzen wird.

Bild: Jusdevoyage - unsplash.com

Ein dezentraler Kampf

Nun mag man sich fragen, wie solche Gruppierungen im Zuge staatlicher Repressionen überhaupt bestehen bleiben können oder gar neu entstehen. Dies ist in den meisten Fällen ihrer Dezentralität und Anonymität zu verdanken. Betrachten wir das Beispiel der bereits genannten FAS ein wenig genauer. Die FAS basiert innerhalb ihrer Strukturen auf einem feministischen Grundgedanken. Als Ergebnis bestehen keine strengen Hierarchien und Autoritäten. Für jeden Ort können Aktivistinnen somit ihren eigenen Ableger gründen. So ist eine lebendige Bewegung entstanden, die nicht zerfällt, wenn man ihr die Führung nimmt – weil es keine zentrale Führung in diesem System gibt. Stattdessen werden die Beteiligten durch feste Wertvorstellungen miteinander vereint. Nach eigenen Angaben ist das Netzwerk der FAS mittlerweile in 23 Ländern sowie in allen Regionen Russlands aktiv. Wie diese Zahlen zeigen, operiert eine beachtliche Anzahl der Widerstandskämpferinnen gezwungenermaßen aus dem Exil heraus. So geht die Co-Gründerin Daria Serenko in einem Interview mit dem Portal *7×7 Horizontal Russia* davon aus, dass sich die Aktivistinnen grob geschätzt zu gleichen Anteilen auf Russland und das Ausland verteilen.

Diese Verstrickungen ins Ausland sorgen allerdings auch für Kritik an der FAS von anderen russischen feministischen Bewegungen. Sie werfen der FAS vor, dass viele ihrer bekannten Repräsentantinnen im sicheren Ausland leben und Preise für die Bewegung erhalten würden, während die in Russland aktiven Frauen hohe Strafen und Inhaftierungen riskieren.

Wie hoch die Strafen dabei ausfallen können, zeigt der Fall der russischen Künstlerin Aleksandra Skochilenko. Sie ersetzte in einem russischen Supermarkt Preisschilder durch Informationen über das Massaker von Butscha, welches durch seine Brutalität weltweit als Symbol für russische Kriegsverbrechen gilt. Als Reaktion verurteilte ein Gericht in Sankt Petersburg die 33-Jährige im November 2023 zu sieben Jahren Straflager. Erfreulicherweise wurde Aleksandra Skochilenko im Rahmen eines Gefangenenaustausches am 1. August 2024 vorzeitig freigelassen. Dennoch gilt weiterhin: Wer den Krieg öffentlich beim Namen nennt, riskiert eine Strafe von bis zu 15 Jahren Haft.

Die Macht des Agentengesetzes

Die FAS-Bewegung wird, wie viele andere kritische Stimmen, vom russischen Justizministerium als „ausländischer Agent“ eingestuft. Aber was bedeutet diese Einstufung?

Das russische Agentengesetz, auch bekannt als „Gesetz über ausländische Agent:innen“, wurde 2012 verabschiedet. Es verpflichtet Organisationen, Medien oder auch Einzelpersonen, die finanzielle Unterstützung aus dem Ausland erhalten und politisch aktiv sind, sich als ausländische Agent:innen zu registrieren. Ihre Veröffentlichungen müssen dementsprechend gekennzeichnet werden und sie unterliegen einer strengen staatlichen Kontrolle. Das Gesetz wurde seitdem mehrfach angepasst, um den Spielraum der Definition zu erweitern. So reicht seit einer Verschärfung im Jahr 2022 allein die „Beeinflussung aus dem Ausland“ aus. Darunter kann fast alles fallen, so wurde beispielsweise eine unabhängige Wahlbeobachtungsorganisation aufgrund einer Spende eines vermeintlich ausländischen Staatsangehörigen als ausländischer Agent eingestuft – in Höhe von weniger als drei Euro. Das Gesetz wird damit oft genutzt, um oppositionelle Stimmen und unabhängige Bewegungen zu überwachen und einzuschränken. Die Liste mit den Personalien der „ausländischen Agenten“ wird veröffentlicht und enthält personenbezogene Daten wie Geburtsdaten, Wohnadressen und Links zu Profilen in den sozialen Netzwerken. Viele Organisationen sehen sich aufgrund dieses Gesetzes gezwungen, ihre Aktivitäten stark einzuschränken oder gar einzustellen. Auch deshalb nennen Aktivistinnen in Interviews nie ihren Namen oder die Namen ihrer Familienangehörigen. Vor Kurzem äußerte sich der Europäische Gerichtshof für Menschenrechte (EGMR) und erklärte diese Eingriffe für willkürlich und missbräuchlich. Da Russland die Entscheidungen des Gerichtshofs allerdings nicht anerkennt, dürften die Auswirkungen dieses Urteils leider begrenzt sein.

Aufgrund dieser Repressionen müssen die Aktivistinnen der jeweiligen Organisationen neue Formen des Widerstandes erfinden. Sie veranstalten heimliche Treffen unter dem Vorwand, gemeinsam zu nähen oder Filme zu schauen. Zudem gibt es Versammlungen vor politischen Gerichtsverhandlungen, Abende, an denen gemeinsam Briefe für politische Gefangene verfasst werden, sowie psychologische Unterstützung für Aktivistinnen. Bei diesem eigens gegründeten psychologischen Unterstützungssystem sind bereits mehr als 1.000 Anfragen eingegangen.

Eine weitere bekannte Aktion ist „Mariupol 5000". Dabei riefen die Aktivistinnen der FAS dazu auf, in Innenhöfen von Wohnhäusern selbstgebaute Kreuze mit einer Tafel zur Erinnerung an die Opfer der Belagerung von Mariupol aufzustellen. Auch das Internet wird natürlich nicht als Schauplatz vernachlässigt. Über die sozialen Netzwerke werden beispielsweise Anwaltskontakte oder Empfehlungen zur Vermeidung der Mobilisierung geteilt.

Warum setzen sich gerade Frauen für Frieden ein?

Zweifelsohne trifft ein Krieg alle. Es bestehen allerdings Gründe, warum sich in Russland gerade Frauen in Widerstandsgruppierungen organisieren. Denn die Diskriminierungen und die alltäglichen Herausforderungen, mit denen Frauen ohnehin konfrontiert sind und gegen die der Feminismus kämpft, verschärfen sich dramatisch im Verlauf eines Krieges – insbesondere im Hinblick auf Gewalt und Armut. Wer kümmert sich beispielsweise um die Familien, die mit dem Mann ihre einzige oder entscheidende Lebensgrundlage verloren haben? Es ist ein Leid, welches häufig auf den Schultern junger russischer Frauen lastet, die nicht damit geplant hatten, alleinerziehende Mutter zu werden.

Ein weiteres Thema ist häusliche Gewalt. So kehren Soldaten häufig traumatisiert von der Front zurück. Dadurch vervielfacht sich die Anzahl von Fällen der häuslichen Gewalt laut Studien des Health and Human Rights Journal. Diese Grundthematik war auch schon vor Kriegsbeginn ein wichtiger Punkt auf der Agenda der russischen Feministinnen. Allerdings wurde dieses Problem von Seiten des russischen Staates nie auf ernste Weise betrachtet. Genau aus diesem Grund hat die Hilfe unter den Mitgliedern der Bewegungen selbst einen hohen Stellenwert. Auf anonyme Weise werden kostenlos Psycholog:innen vermittelt oder ein Fond aus Spendengeldern von anderen Aktivistinnen geschaffen, um Frauen und Kinder von Soldaten zu unterstützen.

Landesweite Bewegungen für den Frieden

Nicht allein die FAS setzt sich durch Protestaktionen gegen den Angriffskrieg ein. An vielen Orten verschaffen sich von Frauen initiierte Gruppen durch kreative und stille Protestaktionen Gehör und zeigen, dass Widerstand trotz staatlicher Repressionen weiterhin möglich ist. Egal ob durch das Niederlegen von Blumen oder durch stille Gesten.
Eine weitere Frauenbewegung, die Protestaktionen in verschiedenen Städten Russlands koordinierte, entstand im November vergangenen Jahres und trägt den Namen „Der Weg nach Hause". Die Frauen der Bewegung setzen sich für die Rückkehr der Mobilisierten ein, also ihrer Ehemänner, Brüder und Söhne, die mobilisiert wurden, um im Ukraine-Krieg zu kämpfen. Die gleichnamige Telegram-Gruppe trägt den Namen der russischen Übersetzung „Put Domoi" und hat mittlerweile Zehntausende an Mitgliedern. Dokumentationen über die Frauenbewegung und geteilte Videos von verzweifelten Soldaten an der Front wurden inzwischen mehr als eine halbe Million Mal geklickt. In einem davon äußern sich die Aktivistinnen in sarkastischer Art wie folgt: „Offiziell sind circa 320.000 Soldaten an der Front. Denkt ihr wirklich, deren Frauen sind alle zurückgebliebene Landeier? Denkt ihr wirklich, unter ihnen ist nicht eine einzige Juristin oder Journalistin?"

Einer der Hauptkritikpunkte der Bewegung liegt darin, dass das Einsatzende der einzelnen Soldaten nicht festgelegt ist, was die Soldaten der Willkür der russischen Regierung aussetzt. Das Erkennungszeichen der Bewegung „Der Weg nach Hause" ist ein weißes Kopftuch. Mit diesen Kopftüchern bekleidet legten die Frauen beispielsweise rote Nelken an öffentlichen Plätzen ab oder klebten Aufkleber in Fußgängerzonen, um symbolisch die Rückkehr der Soldaten zu fordern. Natürlich wurden sie aufgrund dieser Tätigkeiten bereits öffentlich diskreditiert. Der kremlnahe TV-Moderator Vladimir Solovyov beschuldigte die Gruppierung zum Beispiel, Russland vom Inneren zu destabilisieren.
Aufgrund der zahlreichen staatlichen Repressionen scheint ein aktiver und offener Widerstand gegen den Krieg in Russland nahezu unmöglich. Allerdings ist eines sicher: Solange russische Soldaten in der Ukraine kämpfen und Leben auf beiden Seiten auf dem Spiel stehen, werden die Aktivistinnen nicht aufhören, Zeichen für den Frieden zu setzen.

Fußball für den Frieden

Gemeinsamer Sport hat enormes Potenzial für ein friedvolles Zusammenleben – er setzt auf individueller Ebene und auch auf kollektiver Ebene an. Wir waren zu Besuch beim ersten und einzigen Frauenteam des *SC Borussia 05* in Köln-Kalk und sprachen mit Trainerin Carolina Graef Alarcón.

Lucia Otto

Ein wahres Weihnachtsmärchen

Im ersten Weltkrieg in der Weihnachtsnacht 1914 geschah etwas Außergewöhnliches: Deutsche und britische Soldaten legten nahe Ypern (Belgien) ihre Waffen nieder. Statt Schüssen erklang „Stille Nacht" aus den deutschen Gräben, worauf die Briten mit eigenen Weihnachtsliedern antworteten.

In der eisigen Kälte wagte schließlich ein deutscher Soldat, „Komm, Tommy, steh auf!" zu rufen. Zögernd kamen die Soldaten aus den Schützengräben und begegneten einander – zuerst misstrauisch, dann erstaunt und erleichtert. Feinde lachten, scherzten und tauschten kleine Geschenke. Ein improvisiertes Fußballspiel begann: Die Deutschen gewannen 3:2.

Der inoffizielle Waffenstillstand erstreckte sich über zwei Meilen der Front. Gemeinsam bestatteten sie ihre Gefallenen und versprachen sich, ohne Vorwarnung nicht erneut zu schießen. Bis ins neue Jahr hielt diese friedliche Stille an, doch die Kommandos stoppten bald jede weitere Verbrüderung. Für einen kurzen Moment jedoch triumphierte die Menschlichkeit über die Schrecken des Krieges – ein strahlender Augenblick inmitten eines dunklen Konflikts.

Sport für mehr Miteinander

Was wie ein Weihnachtsmärchen klingt, soll sich tatsächlich so zugetragen haben und in besonderer Erinnerung blieb vor allem das gemeinsame Fußballspiel. Immer wieder in der Geschichte können wir erleben, welche Kraft der Sport hat.

Dies konnten wir auch vor Kurzem bei unserem Besuch der ersten Frauenmannschaft in Köln Kalk erleben. Das Veedel (Kölsch für Viertel) Kalk ist ein wahrer Meltingpot. Nach dem zweiten Weltkrieg waren Wohnungen in der Nähe der Fabriken in Kalk besonders preiswert und daher für Gastarbeiter:innen attraktiv. Nach zahlreichen Schließungen sind heute viele Familien, fast ein Viertel der Bewohner:innen, von Arbeitslosigkeit betroffen. In Köln ist Kalk außerdem das bevölkerungsstärkste Gebiet. Auf einem km^2 leben 8210 Menschen. Beim Sport können die jungen Frauen Dampf ablassen und auf ein gemeinsames Ziel hinarbeiten, das sie zusammenschweißt, auch wenn nicht alle befreundet sind. „Viele ihrer Familien stammen aus Ländern, die miteinander Konflikte haben", erklärt Graef Alarcón.

Auf dem Spielfeld zählen diese Konflikte nicht. „Die Mädchen lernen, miteinander auszukommen. Hier sind sie alle gleich. Das ist die Kraft des Sports."

Welche Rolle spielen Hautfarbe, Herkunft und Geschlecht?

Das gemeinsame Spiel hat weltweit einen hohen Stellenwert und bietet zahlreiche Möglichkeiten, aktiv Teil einer Gemeinschaft zu sein, Fairness und Toleranz zu üben. In Vereinen kommen Menschen unterschiedlichster sozialer und kultureller Herkunft zusammen, wodurch Sport eine integrative Wirkung entfalten kann. Das gemeinsame Training stärkt das Zugehörigkeitsgefühl und schafft wertvolle soziale Netzwerke.

Ein aktueller Beleg dafür ist eine Studie der Deutschen Sporthilfe aus dem Jahr 2023, die zeigt, dass Athlet:innen besonders tolerant gegenüber ihren Mitmenschen sind: Für 86 Prozent der deutschen Sportler:innen ist die Hautfarbe ihres Gegenübers unwichtig, während in der Gesamtbevölkerung nur 47 Prozent dieser Meinung sind. Auch bei Fragen zur Herkunft und zum Geschlecht zeigen Athlet:innen eine offenere Haltung.

Kicken in Köln Kalk

Aktuell steigen die Mitgliederzahlen von Vereinen in Deutschland wieder an: Im Jahr 2023 gab es etwa 86.000 Sportvereine mit fast 28 Millionen Mitgliedern. Nach rückläufigen Zahlen in den letzten Jahren verzeichnete der *Deutsche Sportbund* 2023 nach der Pandemie eine Steigerung von drei Prozent im Vergleich zum Vorjahr. Einen großen Stellenwert haben dabei die vielen ehrenamtlichen Trainerinnen und Trainer in den Sportvereinen. Ihr Einsatz hält die Vereine und den Sport am Leben. „Ich habe beim ersten Training eine enorme Verantwortung gespürt und mitgefühlt, da musste ich kurz weinen", sagt Carolina Graef Alarcón. Sie ist ehrenamtliche Fußballtrainerin für die U-17-Juniorinnen des SC Borussia 05 Köln-Kalk. Es ist die erste Mädchengruppe und für das Viertel Kalk von großer Bedeutung. Denn neben allen sportlichen Herausforderungen geht es vor allem darum, als Trainerin eine emotionale Stütze zu sein und einen Ort des Vertrauens und Miteinanders zu schaffen. Viele der Spielerinnen kommen aus sehr belastenden Verhältnissen. Dass Carolina Graef Alarcón beim ersten Training ihre eigenen Emotionen und ihr Mitgefühl so offen zeigte, brachte ihr bei den Spielerinnen Respekt ein. Sie nahmen ihre Trainerin sofort in den Arm. „Das ist meine schönste Erinnerung."

Heute will Borussia Kalk seine U-17-Juniorinnen nicht mehr missen: „Carolin macht eine super Arbeit. Es passt einfach und ist für den Verein ein großer Gewinn!", sagt Jugendleiter Marcel Moser. Strukturelle Hürden konnte Borussia Kalk überwinden. Denn die Teilnahme am Sport erfordert den Kauf von Trikots, Regenjacken und weiterer Ausrüstung, die sich nicht jede:r leisten kann. „Daran müssen die meisten Menschen in Deutschland keinen Gedanken verschwenden, wenn sie in einen neuen Verein eintreten, aber hier in Kalk ist das für viele Familien eine große Hürde", sagt Graef Alarcón. Pro Humanitate stellt die Liga-Trikots und Regenjacken für kalte Tage zur Verfügung. Auch das Kölner Projekt „Scoring Girls" unterstützt junge Mädchen dabei, Fußball zu spielen.

Die großen Probleme im Kleinen angehen

Dank der Unterstützung von Carolina Graef Alarcón, ihrem Co-Trainer Abdulrahman Mohamad Anz, Pro Humanitate und dem SC Borussia 05 Köln-Kalk haben die jungen Frauen einen sicheren Ort gefunden, an dem sie sich verstanden fühlen. So geht es auch der 15-jährigen Spielführerin Selin Dikbasan: „Egal welche Probleme ich zu Hause erlebe. Nachdem ich hier mit den anderen gesprochen und gelacht habe, bin ich besser gelaunt. Ich kann immer hier hinkommen, selbst wenn es eigentlich geschlossen ist." Mit einigen Teamkolleginnen ist sie eng befreundet. Sie weiß, dass sie immer jemanden zum Reden hat und manchmal reicht schon das bloße Gefühl von Gemeinschaft aus. Als sie dem Team beitrat, hatte sie selbst noch Schwierigkeiten in der Schule, inzwischen ist sie zu einer wichtigen Stütze für ihre Mannschaft geworden.

„In der Jugendarbeit erlebe ich den gemeinsamen Sport als super effizient", sagt Graef Alarcón. „Es baut Selbstbewusstsein, Teamgeist und Disziplin auf. Einige der Mädchen haben Probleme in der Schule oder Zuhause, doch das tritt hier in den Hintergrund. Wir arbeiten auf ein gemeinsames Ziel hin. Und auch wenn die Spielerinnen das nicht gerne hören: Am meisten lernen sie durch Niederlagen. Mit Misserfolgen umzugehen und nicht aufzugeben, so etwas schult dich für dein Leben."

***Cuisine sans Frontières* bittet Konfliktparteien zu Tisch**

Frieden schaffen mit Reis und Bohnen

Alles begann mit einer Mahlzeit für Kinder im kolumbianischenBürgerkrieg. Zwanzig Jahre später haben David Höner und seine *Cuisine sans frontières* in den größten Krisenregionen weltweit Wirtshäuser, Restaurants und haushaltswirtschaftliche Ausbildungsstätten errichtet, die Begegnung und gewaltfreien Austausch fördern.

Florian Vitello

Grafik: Kowition3009 - depositphotos.com

David Höner ist Jahrgang 55, aber wenn es um die Projekte seiner *Cuisine sans frontières* geht, berichtet er mit der Begeisterung eines jungen Mannes, der die Küchendiplomatie gerade erst für sich entdeckt hat. Dabei gründete der gelernte Koch vor zwanzig Jahren bereits einen ehrenamtlichen Verein, dessen erstes Projekt der Aufbau einer Gemeinschaftsküche mitten im kolumbianischen Bürgerkrieg war. Seitdem sind viele Freiwillige dazugekommen, die in unterschiedlichen Krisen- und Kriegsgebieten weltweit mit lokalen Partnerorganisationen Räume der Begegnung durch gemeinsames Essen und Kochen schaffen.
Im Interview mit dem Good News Magazin erzählt der Gründer die Erfolgsgeschichte seines ungewöhnlichen Vereins und erklärt, warum soziales Gastgebertum und hauswirtschaftliche Ausbildungsprojekte gute Rezepte für den Frieden sind:

FLORIAN VITELLO: David, ich erreiche dich im Zuge eines Events von *Cuisine sans Frontières* (*CsF*), ausnahmsweise heute in deiner Schweizer Heimat.
DAVID HÖNER: Ja, genau. Vor zwanzig Jahren haben meine Frau und ich beschlossen, nach Ecuador auszuwandern. Das Land war lange ein Hort des Friedens.

VITELLO: Bis vor kurzem haben wir beim Good News Magazin eine gute Nachricht nach der anderen aus Ecuador verkünden dürfen. Engagierte Gruppen, insbesondere indigene, haben in vielen Aspekten internationale Maßstäbe für Umweltschutz und soziales Miteinander gesetzt. Im Moment ist die Gesellschaft aber in einer tiefen Krise.
Die *Cuisine sans Frontières* arbeitet auch in Ecuador mit indigenen Gruppen: Es gibt ein Schulungsschiff auf dem Río Napo und ein Ausbildungsprogramm gemeinsam mit der staatlichen Universität in Puyo. Beide Angebote vermitteln praktisches Wissen aus der Gastronomie in Verbindung mit (Öko)tourismus. Wie kamst du ursprünglich auf die Idee, soziale Themen über Essen anzupacken?
HÖNER: Ich bin gelernter Koch, habe auch lange in dem Beruf gearbeitet, mich dann aber als Quereinsteiger auf Food-Journalismus spezialisiert. Der Fokus meiner Berichterstattung lag auf der Produktion qualitativ hochwertiger Lebensmittel. Eine größere Schweizer Zeitung beauftragte mich 2005, eine Reportage über Sprühflugzeuge im kolumbianischen Putumayo zu machen. *Farcolandia* wurde das damals genannt, weil der Landstrich von den FARC (Fuerzos Armados Revolucionarios de Colombia), also den Revolutionären Streitkräften Kolumbiens, verwaltet wurde.
Es gab viele, viele Auseinandersetzungen und unzählige Tote in diesem Bürgerkrieg in Kolumbien, der über 50 Jahre dauerte. Viele Menschen litten ökonomisch so sehr, dass sie zum Überleben keine andere Wahl hatten, als Koka für die Kokainherstellung anzubauen. Die amerikanischen Unterstützer der kolumbianischen Regierung haben darum große Koka-Anbauflächen, die bis zum Horizont reichten, mit Pestiziden besprüht. Das wurde damals offiziell im Rahmen des „War against Drugs“ (Krieg gegen Drogen) legitimiert. Tatsächlich ging es darum, die kolumbianische Guerilla zu bekämpfen. Die Kämpfe und die Sprühaktionen zerstörten vor allem jedoch die zivile Infrastruktur. Will heißen, am Konflikt Unbeteiligte trauten sich gar nicht mehr vor die Türe. Ganze Familien vereinsamten. Auch das Ackerland wurde in Mitleidenschaft gezogen. Bauern gerieten in Abhängigkeit und wurden von allen Kriegsfronten missbraucht. Das war und ist bis heute eine unglaubliche Tragödie.
Ich kam entsprechend erschrocken zurück, habe die Reportage geschrieben und mich gefragt: „Wie könnte man die Zivilgesellschaft so unterstützen, dass die Leute wieder miteinander in Kontakt kommen und sich über Lösungen für ihre Probleme austauschen?“ Mit befreundeten Gastronomen in der Schweiz habe ich dann gesagt: „Lass uns doch da ein Restaurant aufmachen, wo die Zivilgesellschaft am meisten leidet.“

VITELLO: Weshalb der gastronomische Ansatz?
HÖNER: Das lag nahe, weil für uns ein Restaurant viel mehr ist als nur ein Ort, um Essen und Trinken zu sich zu nehmen. Im Restaurant begegnen sich Menschen. Und diese Begegnungen wollten wir im Krisengebiet möglich machen, damit Dialoge zwischen Konfliktparteien entstehen. Das war etwas großspurig und naiv von uns.

VITELLO: Das Ziel ist zweifelsohne ambitioniert, aber warum naiv, wenn es funktioniert hat?

HÖNER: Es hat funktioniert, aber nicht so, wie wir uns das blauäugig vorgestellt hatten. Zuallererst brauchten wir einen Kontakt vor Ort. Ich hatte das enorme Glück, noch in Kolumbien die großartige Claudia Quartas, damals Bürgermeisterin von Apartaló, kennengelernt zu haben. Sie war überzeugt, sollte das Unterfangen gelingen, müssten wir in einer kleinen Friedensgemeinschaft namens San Josecito beginnen. (Ein mit Friedenspreisen prämiertes Dorf, das sich 1997 der Gewaltfreiheit verschrieb: Waffen werden nicht geduldet, Alkohol im Dorf ist verboten, und es werden keine Informationen an bewaffnete Gruppen weitergegeben). Claudia Quartas hat uns dann vermittelt.

Zweitens war unsere ursprüngliche Idee, ein Restaurant zu errichten, in dem wir das Essen gegen einen kleinen Beitrag abgeben. Wir haben aber sofort gemerkt, dass die Leute wirklich praktisch gar kein Geld hatten. Und dann haben wir begonnen, uns mit dem Dorfrat zu beraten, der uns am Anfang sehr misstrauisch gegenüberstand. Die wussten natürlich nicht genau, was wir eigentlich wollen. Aus der anfänglichen Skepsis ist aber sehr schnell ein Vertrauensverhältnis entstanden.

VITELLO: Bei *Cuisine sans Frontières* steht bis heute auf der Website, wer ein Projekt vorschlagen will, muss passende lokale Partner mitbringen. Damit habt ihr euch schon früh bewusst von postkolonial geprägten Strukturen gelöst, in denen westliche Geldgeber allein über die Verwendung von Hilfsmitteln bestimmen. Wie findet ihr den Zugang zu engagierten, verlässlichen Menschen oder Organisationen vor Ort?

HÖNER: Ganz oft sind es die Kinder. Im ersten Projekt war das auch so. Wir sind damals zu dritt auf eigene Kosten nach San Josecito. Im Gepäck hatten wir 16.000 Schweizer Franken Jahresbudget, die wir bei Freunden und Familie als Spenden eingesammelt hatten. Die haben wir direkt eingesetzt, um eine kleine Schulküche zu bauen. Denn es gab dort viele Kinder, die ihre Eltern verloren hatten, und um die sich die Gemeinschaft gekümmert hat. Für die haben wir dann Mittagessen gekocht. Im nächsten Schritt haben wir die Küche auch abends für die Erwachsenen geöffnet. Das Abendessen haben wir aus ganz bescheidenen Sachen gemacht, also wie in Kolumbien üblich, aus Reis und Bohnen, Mais oder ein bisschen Fleisch, wenn es welches gab.

Wir haben bewusst nicht unsere Küche dahin getragen, sondern mit lokalen Produkten gearbeitet. Das kam wahnsinnig gut an, weil die Leute unter Dauerstress gearbeitet haben. Die wenigen Felder, die sie noch hatten, waren zum Teil vermint; die Produktion reichte nicht, um ihre Familien zu ernähren, und genügend Geld zum Einkaufen war auch nichtda. In dem Dorf lebten damals etwa 80 Familien. Und da konnten wir mit unserem Abendessen ein bisschen helfen.

VITELLO: Haben die Menschen das Angebot angenommen?

HÖNER: Ja, sie wussten schließlich, dass wir auch für die Kinder kochen. Wir haben die Gemeinschaftsküche dann um 17 Uhr geöffnet und erst um 20.30 Uhr wieder geschlossen, denn die Leute kamen zu einem richtigen Treff zusammen. Daraus ist dann mit der Zeit ein echtes kleines Dorfrestaurant oder eine Dorfkneipe entstanden. Das hat uns bestätigt, dass unser Konzept funktioniert.

Wir waren vier Monate da und haben im Laufe der kommenden Jahre immer wieder Volunteers hingeschickt. Wir haben die Leute dann zunehmend darum gebeten, uns Lebensmittel zu geben, die wir verarbeiten können. Sie haben einfache Produkte wie Yucca und Kochbananen oder etwas Reis mitgebracht. Wir haben Öl oder Salz dazu gekauft und gekocht. So ist eine Art Tauschwirtschaft entstanden, vor allem auch mit Arbeit.

VITELLO: Heißt, wer weder Feld noch Geld hatte, konnte mitkochen und dann mitessen?
HÖNER: Richtig, das war besonders für die Frauen wichtig. Wir haben einen Küchenplan gemacht, in dem verschiedene Leute aus der Dorfgemeinschaft nach und nach für das Essen zuständig waren. Und wir sind dann zum Beispiel mit einem Auto einkaufen gefahren. Auch hier zeigt sich wieder unsere Naivität – wir wussten nicht, wie gefährlich das war! Das haben wir komplett unterschätzt.
Aus dem Küchenplan wiederum entwickelte sich ein richtiges Hauswirtschaftsprojekt, in dem nicht nur das Kochen, sondern auch Abläufe und Strukturen, Menüplanungen und Kostenkalkulation gelernt werden konnten. Die Unterstützung im Dorf wurde so immer größer. Es gab da einen Jesuiten, Padre Javier Giraldo. Der wurde später Mitglied der Wahrheitskommission zur Aufarbeitung der Kriegsverbrechen während des Bürgerkrieges. Aber damals betreute er die Friedensgemeinschaft San Josecito und unserem Projekt hat er ein super Zeugnis ausgestellt. Das war ein Durchbruch. So konnten wir das Projekt schließlich an die Frauen übergeben, die bei uns arbeiteten.

VITELLO: Wie schwer ist es euch gefallen, das Projekt aus der Hand zu geben?
HÖNER: Überhaupt nicht. Ich finde, das ist das Wichtigste, dass Hilfsprojekte irgendwann zum Selbstläufer werden. Das hat mich glücklich gemacht. Außerdem wussten wir jetzt, dass unser Ansatz funktioniert und auch wie er funktioniert. Da haben wir direkt das nächste Projekt in Brasilien geplant, mit der Organisation von *Sem Terra*, also den Landlosen in Salvador de Bahia. Die lebten auf einem großen besetzten Gelände außerhalb der Stadt, das waren eigentlich *Favelas*.

VITELLO: Die Länder und Gemeinschaften sind teils sehr unterschiedlich – inwiefern seid ihr in Brasilien wieder genauso vorgegangen wie in Kolumbien?
HÖNER: Die Ausgangslage ist natürlich immer eine andere, aber wir hatten eigentlich fast überall auf der Welt die gleiche Herangehensweise: Niedrigschwellig anfangen, zum Beispiel kochen für Kinder, und dann die lokale Bevölkerung einbeziehen. Häufig finden sich auch strategische Partner oder Geldgeber vor Ort. In Brasilien haben wir mit den *Guerrieras sem Teto* gearbeitet, einer Frauengruppe, die leer stehende Gebäude und Flächen für wohnungslose und arme Menschen nutzbar macht.
Irgendwann kamen die ersten Anfragen von Entwicklungshilfe-Organisationen. Vor allem die *Peace Brigade* möchte ich hier erwähnen, die Begleitung für Menschenrechtsaktivist:innen in Krisengebieten macht. Wir haben später in Kolumbien noch ein Projekt hochgezogen, dann kam eine Schulküche im Kongo dazu und eine Anfrage aus Kenia. In den letzten Jahren haben wir auch mit geflüchteten Menschen gearbeitet in Griechenland und es sind Projekte im Libanon entstanden.

VITELLO: Wie habt ihr so viele Projekte finanziert?
HÖNER: Die Liste der Einsatzorte wurde immer länger, aber unsere Spenden stiegen lange nicht entsprechend. Daraufhin hatte Tom Gfeller, auch einer der Aktivisten, der von Anfang an dabei war, die Idee eines Fundraising-Events. So sind die *Kitchen Battles* in Zürich geboren, bei denen zwei Kochteams gegeneinander antreten. Sie machen jeweils zwei Vorspeisen, zwei Hauptgänge und zwei Nachspeisen. Für dieses sechsgängige Menü zahlen die Menschen 150 Franken Eintritt und dürfen am Ende einen Gewinner auswählen. Diese Benefiz-Veranstaltungen waren zum Glück von Anfang an immer ausverkauft und haben unsere Arbeit mitfinanziert.

VITELLO: In der Schweiz wurde beim Spendensammeln erfolgreich kulinarisch experimentiert. Warum habt ihr das in den Projekten, für die die Spenden gedacht waren, aber bewusst vermieden?
HÖNER: Weil ein ganz wichtiger Bestandteil der Arbeit, um über Essen Frieden zu schaffen, darin besteht, sich an die Essgewohnheiten der Menschen anzupassen. Da gilt das alte Sprichwort: „Was der Bauer nicht kennt, isst er nicht". Wenn ich jetzt mit meiner internationalen Ausbildung als Koch in der Schweiz oder in Deutschland den Brasilianer:innen Köstlichkeiten der internationalen Gastronomie auf den Teller bringe, sind die Menschen skeptisch und überfordert. Sie wünschen sich stattdessen eine *Feijoada*, einen Bohneneintopf. Wenn das Nationalgericht komplett, also in der reichhaltigsten und aufwendigsten Variante zubereitet wird, werden traditionell Trockenfleisch, Räucherwürstchen, Zunge, Schweineohren und -füße, Nelken, Lorbeer, ganze schwarze
Pfefferkörner, Knoblauch und Zwiebeln zusammen eingekocht; dazu werden Reis, Blattkohl, Orangenscheiben, geröstetes Maniokmehl und eine Pfeffersoße gereicht. Für die Menschen ist das ein absolutes Festessen. Das kann man sich aber gar nicht jeden Tag leisten.
Darum arbeitest du dann viel mit Bohnen und Reis oder Fladen aus Maisbrei. Eben mit dem, was die Leute lieben und täglich essen. Wir haben anfangs fünf Tage die Woche traditionell gekocht und zwei Tage versucht, unsere Kochkunst anzubieten. Das hat nicht funktioniert. Das wollte niemand. Außer bei Pizza. Pizza funktioniert immer. Sei es in der Wüste, im Regenwald oder auf einer Mittelmeerinsel.

VITELLO: Woran liegt das, dass die Menschen etwas, was sie noch nicht kennen, nicht annehmen?
HÖNER: Essen ist nicht nur Hungerbefriedigung. Essen ist ein Kulturgut und nicht zuletzt Identität. Ich bin selber in der Schweiz auf dem Land mit ganz bestimmten Fruchtkuchen aufgewachsen, die kamen aus der Region. Unser Essen war oft noch so, wie es sein sollte: Regional und saisonal. Man wird dann auch stolz auf seine eigenen Spezialitäten und freut sich darüber. Wenn ich meinen Nachbarn sage, sie sollen jetzt Glasnudeln mit geschnittenem Chinakohl essen, dann lehnen sie das auch dankend ab.
In den Projekten der *Cuisine sans Frontières* geht es nicht darum, Menschen das Kochen beizubringen, das können sie selber. Aber, das hat sich von Projekt zu Projekt gezeigt: Die Menschen dabei zu unterstützen, das Eigene anzubieten – sich zu organisieren, sodass keine Lebensmittel verloren gehen, Wochenpläne zu erstellen, Resteverwertung, das sind die ersten und wichtigsten Ausbildungsschritte, um ein Projekt auch wieder zu übergeben und Frieden durch Küchendiplomatie möglich zu machen.

VITELLO: Die Tage erst ist es wieder soweit, dann zieht ihr euch aus eurem Projekt im Northwest Rift Valley in Kenia zurück.
Wie hat euer Einsatz dort begonnen?
HÖNER: Im Northwest Rift Valley gibt es seit langer Zeit immer wieder Auseinandersetzungen zwischen Angehörigen der Pokot und der Turkana, zweier großer ethnischer Gruppen. Mit den heutigen Kriegen im Sudan und in Uganda wurde eine Straße, die sich durch das Turkana-County zieht, zu einer Nachschubroute für Waffen und Güter aus Mombasa und die Rivalität der Pokot und Turkana wurde von den jeweiligen Kriegsseiten instrumentalisiert. Dadurch wurde der Konflikt noch gewalttätiger, denn es standen auf einmal Waffen zur Verfügung.

!

Bereits vor der Kolonialzeit kam es zwischen den Pokot und den Turkana zu Auseinandersetzungen um den Zugang zu natürlichen Ressourcen. Durch das koloniale Eingreifen wurde zum einen der Zugang zu Land reglementiert, was in klimatischen Bedingungen, die ein Umherziehen für Weidegründe erfordern, Konflikte in der Lokalbevölkerung verschärfte. Zum anderen wurden die Pokot und Turkana von der britischen Kolonialmacht unzutreffenderweise als zwei verfeindete Gruppen dargestellt, die sich in konstanter Rivalität befinden – und dieses Narrativ ausgenutzt, um die britische Kolonialherrschaft zu sichern. Noch bis ins 21. Jahrhundert wurden außerdem die Führer:innen beider Gruppen nach dem Vorbild der Kolonialherrschaft von der Regierung ausgewählt. Dadurch war es für die Angehörigen beider Gruppen viel schwieriger, niedrigschwellige Lösungen für Konflikte zu finden. Trotzdem bemühen sich Angehörige der Pokot und der Turkana um Friedensverhandlungen. Erst im Oktober 2024 trafen sich führende Vertreter:innen beider Gruppen und machten deutlich, dass sie diese Spaltung und Grenzziehung zwischen ihren Gemeinschaften ablehnen und in Zukunft eng zusammenarbeiten wollen – zum einen, was den Handel angeht, aber vor allem auch, um ein friedliches Zusammenleben zu ermöglichen.

Wir haben unser Projekt im Northwest Rift Valley, nicht weit von Orwa, 2011 begonnen – wir hatten dort Kontakt zu einem Schweizer, Rolf Gloor, der mit Angehörigen der Pokot und Turkana in Verbindung war. Mit ihm zusammen haben wir den Ort ausgewählt, mit den Vorstehenden der Pokot und der Turkana verhandelt und das Calabash-Restaurant gebaut. Auch hier haben wir wieder ein Programm hauswirtschaftlicher Ausbildung gestartet. Hier mit einer Kamelzucht, Honigproduktion und Seidenraupen. In dem Zentrum dafür gab es aber auch Filmabende, Feiern und Sportfeste.

VITELLO: Nun ist es euch in dieser, wie du sagst, sehr komplexen Situation gemeinsam mit Angehörigen der Pokot und den Turkana gelungen, einen Raum der Begegnung zu schaffen.
Wie sah das konkret aus?

HÖNER: Das war am Anfang wahrlich nicht einfach. Die beiden Gruppen begegnen sich mit tiefstem Misstrauen. Wenn aber ein Pokot kocht und eine Turkana gibt die Getränke aus, dann kommen ein paar Leute. Und dann bietet man Veranstaltungen an, die man natürlich mit den führenden Personen der Turkana und der Pokot abspricht. Hier sind wir auf Zuspruch gestoßen, denn es gibt schon länger Friedensbemühungen von beiden Seiten.

Zum Beispiel haben wir bei den Sporttagen immer wieder zum Sackhüpfen eingeladen für die Kinder sowohl der Turkana-Schule als auch der Pokot-Schule. Sowas braucht viel Vorlauf. Am Anfang war es auch so, dass die Pokot um Schutz gebeten haben. Entgegen größerer innerer Widerstände haben wir dann beim lokalen Militärkommando angefragt und die haben uns einen Lastwagen voll Soldaten geschickt. Die waren letztendlich auch einfach da und haben genau wie alle anderen gegessen und getrunken.

Grafik: setiawanardiwijaya.gmail.com - depositphotos.com

VITELLO: Und die Pokot und Turkana?

HÖNER: Zuerst sitzen die einen auf der einen Seite und die anderen auf der anderen Seite. Dann gibt es was zu essen. Das Tolle ist, beide Gruppen haben dasselbe Lieblingsgericht. Das ist „nyama choma", also gebratenes Fleisch – in diesem Fall konkret Ziegenfleisch. Darum haben wir eine eigene Ziegenherde dort. Die Teller geben wir nur an einer Ausgabestelle aus, damit sich schon hier die Leute ein bisschen vermischen. Zumindest die Kinder, denn die haben sowieso keine Probleme miteinander. Alle müssen natürlich vorher ihre Waffen abgeben. Und dann gibt es eine Ansprache, um einen offiziellen Rahmen zu schaffen, und wir veranstalten ein paar Wettbewerbe.

VITELLO: Jetzt haben zwei Kriegsparteien nicht immer zufällig dasselbe Lieblingsgericht oder dieselben Traditionen. Inwiefern kann euer Ansatz der Küchendiplomatie auch bei grundverschiedenen Konfliktparteien zu Frieden beitragen?

HÖNER: Egal, wo auf der Welt du dich umschaust: Es gibt wahrscheinlich keinen kleineren gemeinsamen Nenner für alle Menschen als Essen und Trinken. Ich meine, jeder muss essen und trinken. Das ist in jeder Kultur, jeder Volksgruppe, selbst wenn Kulinarik gerade stiefmütterlich behandelt wird, immer im Zentrum des täglichen Lebens. Wenn alles andere wirklich schief läuft, geht es nur noch darum: „Wie beschaffe ich das tägliche Essen und Trinken zum Überleben?" Außerdem hat fast jeder Mensch einen Bezug dazu. Das kann eine Lieblingsspeise sein oder eine Erinnerung an ein Gericht aus der Kindheit.

Wenn wir Frieden fördern wollen, müssen wir nicht nur Flugblätter verteilen, sondern wir müssen an die Essenz, die Existenz eines jeden Menschen gehen. Und dann können wir uns auf Essen und Trinken konzentrieren, ohne den Anspruch zu haben, vor Ort Leuten zu erklären, was sie zu tun haben. Das Wichtigste ist, einfach für sie da zu sein und sie zu unterstützen. Dieser Akt der Güte, dieses gemeinsame Teilen, ist ein ungeheuer großer Schritt in Richtung Frieden.

FRIEDE, FREUDE, FEIJOADA

Das brasilianische Nationalgericht eignet sich perfekt für die kalten Tage. Als veggi-Variante mit Seitan und Hülsenfrüchten erfüllt der klassische Bohneneintopf nicht nur die Kriterien eines für Mensch und Erde gesunden Speiseplans laut Planetary Health Diet, sondern versorgt vegan bzw. vegetarisch lebende Menschen zusätzlich mit viel Protein einschließlich der essentiellen Aminosäure Lysin.

Zutaten

Für den Eintopf:
- 500 g schwarze Bohnen (getrocknet, über Nacht eingeweicht)
- 300 g marinierter Seitan, in Portionen geschnitten (statt Schweinerippchen)
- 200 g Pilze oder geräucherte Aubergine (statt „Carne Seca"), in Stücke geschnitten
- 200 g Räuchertofu (statt z. B. Chorizo oder Linguiça), in Scheiben geschnitten
- 100 g Vegane Brotzeit nach Landjäger-Art oder +100g Räuchertofu (statt geräuchertem Speck), in Würfel geschnitten
- 2 Lorbeerblätter
- 1 große Zwiebel, fein gehackt
- 4 Knoblauchzehen, gehackt
- Salz, Pfeffer, Kreuzkümmel nach Geschmack
- 2 l Brühe

Für die Beilagen:
- Weißer Reis
- Sautierte Grünkohlblätter (mit Knoblauch und Butter bzw. Albaöl)
- Orangenscheiben
- Farofa (geröstetes Maniokmehl mit Butter bzw. Albaöl und Zwiebeln) Dafür Fett in einer großen Pfanne bei mittlerer Hitze schmelzen. Zwiebeln darin glasig anbraten. Das Maniokmehl hinzufügen und unter ständigem Rühren etwa 5 Minuten rösten, bis es leicht goldbraun ist. Mit Salz und Pfeffer abschmecken.

Zubereitung

- Vorbereitung: Die Bohnen nach dem Einweichen abspülen und beiseite stellen. Alle salzigen Zutaten bei Bedarf vor dem Kochen wässern, um überschüssiges Salz zu entfernen.
- Anbraten: Seitan, Gemüse, Räuchertofu und Landjäger in einem großen Topf scharf anbraten. Herausnehmen und beiseitestellen.
- Würze hinzufügen: In demselben Topf Zwiebeln und Knoblauch anschwitzen, bis sie weich sind.
- Eintopf kochen: Die Bohnen, alles Angebratene, Lorbeerblätter und Gewürze in den Topf geben. Mit Brühe auffüllen, bis alles bedeckt ist. Zum Kochen bringen, dann die Hitze reduzieren und 2-3 Stunden köcheln lassen, bis die Bohnen weich sind. Bei Bedarf Wasser nachgießen.
- Abschmecken: Vor dem Servieren mit Salz und Pfeffer abschmecken.
- Servieren: Auf einem Teller mit den Beilagen Reis, Grünkohl, Farofa und Orangenscheiben anrichten.

Guten Appetit!

Bild: diogoppr - depositphotos.com

15:40

Hinter den Kulissen ...

Bei der Erstellung dieses Printmagazins waren wir manchmal traurig, manchmal wütend – und oft voller Begeisterung und Bewunderung für diese starken Menschen und ihre starken Geschichten des Friedens. Es wurde hier im Team recherchiert und diskutiert, meist ernst und intensiv.

Auch unser Cover haben wir sorgfältig erstellt mit unserer Layout-Chefin, der Künstlerin Tanja Pracht. Von Familie, Freund:innen und Bekannten holen wir uns dabei immer Feedback ein ...

Und – was sollen wir sagen – auch solche Momente müssen mal sein:

Mutt
Ich sehe einen Vogel, der ein Kanonenrohr blockiert, sind das Finken? Eigentlich sind ja Tauben das Friedenssymbol oder ist das zuviel Klischee 🤔

Blockiert 😂

Spatzen

Aber egal, was denken die Schwestern??

Laura
Vögel die in einem kanonenrohr nisten

Mutt
Ach nee, beim genaueren Hingucken, hat er ja da drin ein Nest gebaut, also hat er das Kanonenrohr umfunktioniert 😂

Lauri du Schlauberger

Laura
Es geht um die detaaaaaaails muuuddaaann

Übelst

Phil meinte man würde das gar nicht erkennen? Ich finde es voll klar

Ja halt nur intelligentere Menschen

Hihihi

Mutt
Boah ihr Arschgesichter

Lina
😂

Ich hätte das Vogelnest auch gesehen 😬

Mutt
Lini Mensch, dann gehörst du auch zu den eher intelligenteren 😁

Lina
Andrea hat es auch gesehen! 😂

Haha ich glaube kommt auch drauf an ob man es nur ganz klein sieht

Und findet irgendjemand das ganz furchtbar hässlich als Cover???

Laura
Nee ich finde Mama muss raus

Aus der Gruppe 🤭

muddi vs. muddan

Leute das Thema ist Frieden 🏃

Mutt
Erst arbeite ich für sie und dann das, es gibt einfach keine Gerechtigkeit geschweige denn Dankbarkeit auf dieser Welt 🙁

Ich würde euch raten zusammen Fußball oder Theater zu spielen, das könnte helfen 😂

Mutt
Ich werde sie schlagen, warte, wenn wir uns wiedersehen 🤕 Nix mit Frieden

Lina
😂😂 Leute es geht um das Bild, nicht um eine Schlägerei 😬 ich finde das Bild gut!

Laura
Ich reiche dir die Hand muddan

Lass uns gemeinsam ein Nest bauen

542 Bäume gepflanzt | 3.758 kg Plastik aus Flüssen gefischt | über 2000 zufriedene Mitglieder

Das Good News Magazin im Abo

www.goodnews-magazin.de/abo

	Print	Digital	Premium	Karma (Fördermitgliedschaft)
4 Mal GNM-Printmagazin pro Jahr mit besonderen Formaten, die es nur gedruckt gibt Klimaneutral auf 100 % Recyclingpapier mit Bio-Farben und Ökostrom gedruckt	✓		✓	✓
Zugang zu den digitalen, exklusiven Artikeln aus dem Printmagazin + Audio der vorgelesenen Artikel		✓	✓	✓
Zugang zu digitalen, exklusiven GNM+ Artikeln		✓	✓	✓
Keine Werbebanner auf der Website		✓	✓	✓
Mitglieder Newsletter		✓	✓	✓
Digitale Gastzugänge zu GNM+ Artikeln (zusätzlich zu deinem Zugang)			1	2
Du finanzierst ein Digital-Abo für eine Person, die sich derzeit kein Abo leisten kann und unterstützt unsere Arbeit besonders großzügig				✓
Plastik aus Flüssen holen in kg pro Jahr	1	1	**3**	5
Preis pro Jahr	33,00 € DE 43,20 € Int.	52,80 €	79,20 € DE 90,00 € Int.	144,00 €

Unterstütze die Vision, ermögliche unabhängigen Journalismus und werde Teil einer positiven Bewegung!

Herausgeber und V.i.S.d.P.
Good News Magazin
Einzelunternehmen von David Gaedt
Klistostraße 35
14165 Berlin
Deutschland

Chefredaktion
Lucia Oiro

stellv. Chefredaktion
Luisa Vogt

Redaktion
Antonia Scheurer, André Latz, Luca Kramarz, Lara Dehari, Rebecca Wolfer, Florian Vitello, Anni Malter, Gabi Finck, Nils Kumar, Andreas Renner, Mara Betjemann

Layout
Tanja Pracht, Yannic Giss, Jasmin Herrmann, Xiomara Wunderlich

Coverillustration
Tanja Pracht

Ein besonderer Dank geht an Susanne Lehmann, die Initiative Männer gegen Rechts, Lea Baroudi, Samah Salaime, Ulla Philipps-Heck, Nischal Sanghavi, Uwe Srp, Johanna Etzold, Bernward Geier, Toxicómano Callejero, David Höner, Carolina Graef Alarcón

Lust in der Redaktion mitzumachen? Melde dich bei
redaktion@goodnews-magazin.de

Anzeigenverwaltung
David Gaedt
werbung@goodnews-magazin.de

Kontaktmöglichkeiten
Abo-Service:
abo@goodnews-magazin.de
redaktionelle Anliegen:
redaktion@goodnews-magazin.de

Allgemeine Anliegen
kontakt@goodnews-magazin.de
Website: www.goodnews-magazin.de

Bestellung und Vertrieb für Einzelhandel
Nova MD GmbH, Vachendorf

Fließtextschrift
Arizona Text
von DINAMO®

Druckerei
dieUmweltDruckerei GmbH
Lavesstraße 3
30159 Hannover
Klimaneutral gedruckt mit
Bio-Farben
auf 100 % Recyclingpapier.

dieUmwelt Druckerei
www.dieUmweltDruckerei.de

natureOffice
natureOffice.com/DE-275-NYBCMTY
Rohstoffe Anlieferung Produktion
g CO2e pro Verpackung 572
CO2e-Emissionen ausgeglichen